아도니스

딜런 토머스

『젊은 개예술가의 초상』, 2020.
『시 전집 1934~1952』 (출간 예정).
『밀크우드 아래서』 (출간 예정).

블레즈 상드라르

『온 세상에서』, 시집 (출간 예정).

크리스마스는 어디에?

웨일스의 어린이의 크리스마스

세계만방의 크리스마스

산타클로스

지빗 힐

크리스마스는 어디에?

딜런 토머스

웨일스의 어린이의 크리스마스

이나경 옮김·프리츠 아이켄버그 목판화

블레즈 상드라르

세계만방의 크리스마스

조동신 옮김

E. E. 커밍스

산타클로스

도덕극

이나경 옮김·전지은 그림

브램 스토커

지빗 힐

금희연 옮김

일러두기

주 : 모든 주와 자료는 한국어판.
강조 : 대문자 강조는 방점으로, 이탤릭체 강조는 이탤릭체로 했다.

차례

딜런 토머스

웨일스의 어린이의 크리스마스

8

블레즈 상드라르

세계만방의 크리스마스

26

E. E. 커밍스

산타클로스

70

브램 스토커

지빗 힐

112

•

도판 출전, 주

136

Dylan Thomas

웨일스의 어린이의 크리스마스

John Gay(1909~1999, 본명 Hans Ludwig Göhler), *Dylan Thomas*, 1948년 7월.

그 시절 바닷가 소도시에서 보내는 크리스마스는 매번 너무 똑같아서, 잠들기 직전 가끔 들려오는 말소리 말고는 고요할 뿐이라, 내가 열두 살 때 엿새 밤낮으로 눈이 왔는지, 아니면 내가 여섯 살 때 열이틀 밤낮으로 눈이 왔는지 기억이 나지 않는다.

해마다 크리스마스는 거리와 맞닿은 하늘로 내려앉는 차갑고 성급한 달처럼, 혀가 둘로 갈라진 바다를 향해 굴러간다. 그러다 크리스마스가 물고기가 얼어버릴 정도로 얼음이 언 파도 가장자리에서 멈추면, 나는 눈에 손을 쑥 집어넣어서 잡히는 것을 꺼내본다. 내 손은 캐럴을 부르는 바다 가장자리에서 쉬고 있는, 크리스마스의 양털처럼 하얗고 뽀득거리는 눈덩이 속으로 들어가고, 프로더로 부인과 소방관들이 나온다.

때는 크리스마스이브 오후였고, 나는 프로더로 부인의 정원에서 부인의 아들 짐과 함께 고양이들을 기다리고 있었다. 눈이 내리고 있었다. 크리스마스에는 항상 눈이 왔다. 순록은 없었지만, 12월은 라플란드처럼 하얬던 기억이 난다. 하지만 고양이는 있었다. 우리는 참을성 있게, 춥지만 차분하게, 고양이를 향해 눈덩이를 던지려고 손에 양말을 감고 기다렸다. 표범처럼 길고 유연하며, 무시무시한 수염이 난 고양이들이 침을 뱉고 으르렁거리면서 하얀 뒷마당 벽을 타넘어 오곤 했다. 그러면 스라소니처럼 날카로운 눈을 한 짐과 나는 멈블스 로드 옆 허드슨 베이에서 온 사냥꾼마냥 털모자를 쓰고 털

신을 신고서 놈들의 녹색 눈을 향해 사정없이 눈덩이를 날리곤 했다.

현명한 고양이들은 결코 나타나지 않았다. 끊임없이, 수요일 이후로 영영 내리는 눈 속에서 아무 소리도 없이 고요한 가운데, 우리는 북극의 에스키모처럼 꼼짝 않고 서 있었고, 정원 끝 이글루에서 부르는 프로더로 부인의 고함소리를 전혀 듣지 못했다. 아니, 소리가 들렸다 하더라도, 그건 우리의 적이자 먹잇감, 이웃집 북극 고양이가 멀리서 도전하며 외치는 소리였다. 하지만 곧 목소리가 더 커졌다. "불이야!" 프로더로 부인이 이렇게 외치더니 저녁 식사를 알리는 종을 울렸다.

그래서 우리는 눈덩이를 품에 안고 정원을 내달려 집으로 갔다. 정말로 식당에서 연기가 솟구치고 있었고, 종소리가 끝없이 들려왔다. 프로더로 부인은 마치 폼페이의 멸망을 알리는 관리처럼 모든 게 끝장이라고 선언했다. 그건 웨일스에 사는 고양이가 전부 몰려와 담장 위에 일렬횡대로 늘어선 것보다 더 멋진 광경이었다. 우리는 눈덩이를 들고 집으로 달려 들어가 연기 자욱한 식당 문 앞에 섰다.

뭔가 활활 타고 있었다. 혹시 그것이 점심식사 후에 늘 거기서 신문으로 얼굴을 덮고 자는 프로더로 씨인가. 하지만 아저씨는 방 가운데 서서 "멋진 크리스마스로군!"이라고 말하면서 슬리퍼로 연기 나는 곳을 때리고 있었다.

"소방서에 연락해요." 프로더로 부인이 종을 치면서 외쳤다. "안 올 거요." 프로더로 씨가 말했다. "크리스마스인 걸."

불은 보이지 않았고, 뭉게뭉게 피어오르는 연기와 가운데 서서 지휘를 하듯 슬리퍼를 휘두르는 프로더로 씨만 보였다.

"무슨 수라도 써보렴." 프로더로 씨가 말했다.

그래서 우리는 연기 속을 향해 눈덩이를 전부 던졌다. 프로더로 씨를 맞추지는 못한 것 같다. 그리고는 공중전화를 찾아 달려 나갔다.

"경찰서에도 신고하자." 짐이 말했다.

"구급차도 부르고."

"어니 젠킨스도 불러. 불을 좋아하잖아."

하지만 소방서에만 연락했고, 곧 소방차가 도착하더니 헬멧을 쓴 키 큰 소방관 셋이 호스를 들고 집으로 들어갔다. 물을 틀기 직전에 프로더로 씨가 밖으로 나왔다. 그 누구도 그때처럼 요란한 크리스마스를 보내지 못했을 것이다. 소방관들이 호스의 물을 끄고서 연기가 자욱하고 물에 젖은 방에 서 있을 때, 짐의 고모, 프로더로 양이 아래층으로 내려와 살그머니 들여다보았다. 짐과 나는 숨을 죽이고 프로더로 양이 뭐라고 하는지 귀를 기울였다. 프로더로 양은 항상 적절한 말을 했다. 연기와 재, 녹고 있는 눈덩이 사이에서 빛나는 헬멧을 쓰고 키가 후리후리한 소방관 셋이 서 있는 모습을 보고, 프로더로 양은 이렇게 말했다. "읽을 것 좀 드릴까요?"

오래 전, 내가 어릴 때, 웨일스에 늑대가 살고, 붉은 플란넬 페티코트 색깔의 새들이 하프 모양 산을 지나 날아가던 시절, 축축한 일요일 오후 농장 주택 거실 냄새가 나는 동굴에서 밤낮으로 노래를 부르며 뒹굴다가 성당 부제처럼 이를 앙다물고 영국인들과 곰들을 뒤쫓던 때, 자동차가 다니기 전, 바퀴가 나오기 전, 공작부인처럼 생긴 말이 다니기 전, 안장도 깔지 않고 말을 몰아 바보처럼 신이 나서 언덕을 내달리던 때, 눈이 내리고 또 내렸다. 하지만 여기서 어린 소년이 이렇게 말한다. "작년에도 눈은 왔어요. 내가 눈사람을 만들었는데 동생이 쓰러뜨렸어요. 그래서 나는 동생을 쓰러뜨리고, 간식을 먹었어요."

　"하지만 그건 그런 눈이 아니었어." 내가 말한다. "우리 눈은 하늘에서 하얀 도료 양동이로 뿌리는 것뿐만 아니라 땅에서도 솟아오르고, 나무의 팔과 손과 몸뚱이에서도 흘러나와. 눈은 할아버지 수염이끼처럼 주택 지붕에서 밤새 자라나고, 담장을 살금살금 뒤덮고, 집배원 위에 자리를 잡고, 찢어진 하얀 크리스마스카드의 소리 없고 멍청한 폭풍우처럼 대문을 열었단다."

　"그럼 집배원도 있었어요?"

　"눈은 반짝이고, 코는 바람을 맞아 빨개지고, 발은 꽁꽁 언 채로, 집배원들이 문으로 다가와서 세게 쾅쾅 두드렸어. 하지만 아이들에겐 종소리만 들렸지."

　"집배원 아저씨가 쿵쾅쾅쾅 하니까 초인종이 울렸다고요?"

　"아이들에게 들린 종소리는 안에서 울렸다고."

　"난 천둥소리만 들려요. 종소리는 들리지 않아요."

　"교회 종소리도 있었지."

　"그 안에요?"

"아니, 아니, 그게 아니라, 박쥐처럼 새카맣고, 눈처럼 하얀 종탑에. 주교들과 황새들이 숨겨놓은 것이지. 그 종은 붕대를 감은 마을에, 파우더와 아이스크림으로 만든 것 같은 언덕의 얼음 거품 위에, 파도가 얼어가는 바다 위에서 소식을 알렸지. 내 방 창문 아래 교회들이 전부 기쁨에 종소리를 퍼뜨리는 것 같았어. 그리고 우리 담장 위에서는 풍향계 수탉이 크리스마스를 알리며 꼬끼오하고 울었지."

"집배원 얘기 다시 해줘요."

"그냥 평범한 집배원이었어. 걷는 것과 개와 크리스마스와 눈을 좋아하는 사람들이었지. 파란 장갑을 끼고 문을 두드렸는데……."

"우리 집 문 두드리는 고리는 까만데……."

"그리고 작은 현관 입구의 매트 위에 서서 입김을 훅훅 불어서 유령을 만들고, 밖에 나가고 싶어 하는 아이들처럼 이리저리 뛰어다녔어."

"그다음엔 선물을 줬어요?"

"그다음에는 선물이었지. 크리스마스 상자 다음에. 그리고 추운 집배원은 조그만 코에 장미꽃을 달고서 눈으로 반짝이는 언덕의 찻잔 쟁반처럼 매끄러운 내리막을 달려갔어. 생선장수 가게에 앉은 사람마냥, 얼음이 잔뜩 붙은 부츠를 신고 갔지."

"얼어붙은 낙타의 혹처럼 가방을 흔들면서, 한 발로 모퉁이를 어지럽게 돌더니, 세상에, 사라져버렸어."

"선물 얘기 다시 해줘요."

"쓸모 있는 선물이 있었지. 추운 날에 쓸 커다란 머플러, 거대한 나무늘보가 낄 장갑, 줄다리기하듯이 덧신 신은 발까지 잡아당길 수 있는, 미끌미끌 죽죽 늘어나는 재질의 얼룩말 목도리, 패치워크를 한 찻주전자 덮개 같은 화려한 빵모자와 토끼 모양의 털모자, 정신과의사들의 피해자들을 위한 방한모, 항상 모직 내의를 입는 아주머니들이 보내준, 턱수염으로 문지르듯 까

끌까끌한 내의를 보면 그 아주머니들에게 성한 살갗이 남아 있는 것이 신기할 지경이었지. 그리고 슬프게도 지금은 우리 곁을 떠난 아주머니에게서 손뜨개로 뜬 주머니 가방도 받은 적이 있었어. 따라하지 말라는 경고문이 따옴표와 함께 적혀 있긴 했지만, 아이들이 자일스 농부의 연못에서 스케이트를 타다가 물에 빠진 내용이 들어 있는, 그림도 없는 책도 있었지. 말벌에 대해 온갖 것을 다 알려준 책도 있었어. 그걸 다 알아야 하는 이유만 빼고 말이야."

"쓸모없는 선물도 이야기해주세요."

"축축한 색색의 젤리와 접은 깃발과 가짜 코와 전차 안내원 모자와 차표에 구멍을 내고 종소리를 내는 기계가 있었고, 새총은 한 번도 받은 적이 없었어. 무슨 영문인지는 아무도 몰랐지만, 실수로 작은 도끼를 받은 적도 있었지. 그리고 누르면 전혀 오리 같지 않고, 암소가 되려는 야심을 가진 고양이가 낼 것 같은 야옹거리며 음매하는 소리를 내는 오리 인형. 원하는 대로 풀과 나무, 바다와 동물을 색칠할 수 있는 색칠 책을 받았는데, 아직도 눈부시게 파란 양들이 무지갯빛 부리와 연두색 몸통을 가진 새들 아래 붉은 들판에서 풀을 뜯고 있지. 삶은 달걀, 토피, 퍼지와 사탕, 크런치, 비스킷, 박하사탕, 글레이서 사탕, 마지팬, 그리고 웨일스 사람을 위한 버터웰시 케이크. 싸울 수는 없어도 항상 달릴 수는 있는, 밝은색 양철 병사 부대도 받았고. '스네익스 앤 패밀리즈'랑 '해피 래더스' 게임도 받았지. 그리고 설명서까지 든 '꼬마 엔지니어를 위한 쉬운 취미 게임'도 받았고. 거 참, 다빈치에게나 쉬웠을 걸! 그리고 호루라기를 받았는데, 그걸 불었더니 개가 짖어서 옆집의 할아버지가 잠에서 깨어나 벽을 지팡이로 쳐서 우리 벽에 걸어둔 그림이 떨어졌지. 담배도 한 갑 받았어. 담배를 한 개비 입에 물고 거리 모퉁이에 서서 몇 시간을 기다려도 노파가 지나가다가 담배를 피운다고 꾸짖지 않았지. 그래서 히죽히죽 웃으면서 먹어버렸어. 그 다음에는 풍선 아래서 아침식사를 했고."

"우리 집처럼 아저씨들이 있었어요?"

　"크리스마스에는 늘 아저씨들이 있지. 지금과 똑같은 아저씨들이란다. 그
리고 크리스마스 아침이 되면 개들을 깨우는 호루라기와 쿨런을 들고서 작
은 세상에 무슨 일이 있었는지 알아보러 시내를 샅샅이 뒤지곤 했는데, 늘
우체국이나 아무도 없는 하얀 그네 옆에서 죽은 새를 발견하곤 했어. 어쩌면
울새였을 텐데, 숨만 쉬지 않을 뿐 말짱해 보였지. 성당에서 돌아오는 사람
들은 코가 빨개지고 뺨은 찬바람에 튼 채로 새하얗게 질려서 신앙심 없는 눈
을 배경으로 뻣뻣하고 검은 깃털을 모으고 있었어. 응접실에는 가스 받침대
에 겨우살이를 매달아두었지. 셰리주와 호두, 병맥주와 크래커가 디저트스
푼 옆에 놓여 있었고. 고양이들은 난롯불을 보고 있었어. 장작을 높이 쌓아
활활 타오르는 난롯불은 밤을 굽고 부지깽이로 쑤실 준비가 되어 있었고, 덩
치가 큰 남자 몇몇은 옷깃을 풀고 응접실에 앉아 있었는데, 아저씨들은 거의
반드시, 새로운 시가를 피우면서 손을 쭉 뻗었다가 다시 입에 물었다가, 기

침을 하고, 폭발하기를 기다리는 것처럼 손을 또 뻗곤 했어. 그리고 자그마한 아주머니 몇몇은 주방에도, 다른 어디에도 발붙일 데가 없어서 몸을 빳빳이 세우고 의자 가장자리에 엉덩이를 걸치고 앉아 있었지. 낡은 찻잔과 받침처럼 부서지기 무섭다는 듯이."

사람들이 밀려드는 거리에 그런 아침이 자주 찾아오지는 않았다. 노인 한 명은 항상 황갈색 중산모를 쓰고, 노란 장갑을 끼고, 한 해 중 이맘때면 눈을 좀 맞은 채로 눈이 하얗게 쌓인 잔디 볼링장으로 산책을 갔다가 돌아오곤 했다. 비가 오나 바람이 부나 크리스마스가 오거나 심판의 날이 오거나 산책을 멈추지 않을 사람이었으니까. 가끔은 건장한 청년 둘이 커다란 파이프에 불을 붙인 채 외투도 입지 않고서 목도리를 바람에 휘날리며 말도 없이 적막한 바닷가로 걸어 내려가곤 했다. 식욕을 돋우기 위해서인지, 담배연기를 날리기 위해서인지 모르겠지만, 그들이 파도를 향해 걸어가고 나면 결코 꺼지지 않는 파이프에서 모락모락 올라오는 두 가닥의 연기밖에 보이지 않게 되었다. 그러면 나는 집으로 내달렸고, 다른 집 저녁 식탁에서 흘러나오는 그레이비소스의 냄새, 새 냄새, 브랜디 냄새, 푸딩과 고기 냄새가 내게로 풍겨왔다. 그럴 때 눈 쌓인 골목길에서 꼭 나 같은 아이가 나왔다. 불붙인 담배를 들고 시커멓게 멍들었다가 보라색이 된 눈을 하고, 피리새처럼 건방진 모습으로 혼자서 씩 웃어대면서.

보자마자 그 녀석이 마음에 들지 않아서, 호루라기를 입에 대고 불어 크리스마스의 들뜬 기분을 가시게 해주려는데, 갑자기 녀석이 멍든 눈으로 윙크를 하더니 *자기* 호루라기를 꺼내 *제* 입에 대고는 어찌나 거슬리는 소리로, 시끄럽게, 귀청이 찢어져라 불어댔던지, 하얗게 눈이 덮인 길거리에서 게걸스레 저녁식사를 하던 사람들이 거위고기로 뺨을 불룩하게 부풀린 채로 모

두 얼굴을 창문에 바짝 붙이고 밖을 내다보았다. 우리는 만찬으로 칠면조 고기와 푸딩을 먹었고, 식사가 끝난 뒤 아저씨들은 벽난로 앞에 앉아 단추를 죄다 풀고는 축축하고 커다란 손으로 시곗줄을 쓰다듬으며, 앓는 소리를 몇 번 내다가 잠들었다. 어머니들, 아주머니들, 누이들은 그릇을 들고 이리저리 돌아다녔다. 태엽장치를 한 장난감 쥐를 보고 벌써 두 번이나 놀란 베시 아주머니는 주방에서 훌쩍이더니 엘더베리 와인을 좀 마셨다. 개가 토했다. 도시 아주머니는 아스피린을 세 알 먹어야 했지만, 포도주를 좋아하는 도시 아주머니는 눈이 쌓인 뒷마당 가운데 서서 가슴이 커다란 개똥지빠귀처럼 노래를 불러댔다. 나는 얼마나 부풀 수 있는지 보려고 풍선을 불곤 했다. 그리고 풍선이 모두 그렇듯 결국 터지면, 아저씨들은 놀라 잠에서 깨어나 중얼거렸다. 풍요롭고 묵직한 오후, 돌고래처럼 숨을 쉬는 아저씨들과 내리는 눈 가운데, 나는 장식용 줄과 중국식 등불과 대추야자 가운데 앉아 '꼬마 엔지

니어를 위한 설명서'에 따라 모형 군인을 만들어보았고, 완성된 것은 바다를 떠가는 전차처럼 보였다.

혹은 반짝이는 새 부츠를 신고 뽀득거리며 새하얀 세상으로, 바다 쪽 언덕으로 나가기도 했다. 짐과 댄과 잭을 불러 고요한 거리를 돌아다니며, 감춰진 보도에 크고 깊은 발자국을 남기려고.

"사람들이 그걸 보면 하마라고 생각할 거예요."

"길에서 하마가 오는 걸 보면 어떻게 할 거니?"

"이렇게 할 거예요. 빵! 하마를 울타리 너머로 던지고, 언덕에서 굴려 보낸 다음, 귀를 간질여주면 하마가 꼬리를 흔들 거예요."

"하마가 둘이면 어떻게 할래?"

대니얼 씨 집을 지나가는데, 옆구리가 강철처럼 단단한 하마들이 울음소리를 내면서 눈밭을 쿵쿵거리며 우리를 향해 다가왔다.

"대니얼 씨 우편함에 눈덩이를 넣어서 보내요."

"눈에다가 글씨를 적자."

"'대니얼 씨는 스패니얼처럼 생겼다'라고 그 아저씨네 잔디밭에 크게 적어요."

또는 하얀 바닷가를 걸었다. "물고기들이 눈이 오는 걸 볼 수 있을까?" 구름 하나가 떠 있는 고요한 하늘이 바다 위로 몰아쳤다. 그때 우리는 북쪽 언덕에서 눈 때문에 앞을 보지 못해 길을 잃은 여행자가 되었고, 목에 주름이 잔뜩 잡힌 커다란 개들이 인명구조용 술병을 목에 걸고 느릿느릿 우리를 향해 다가와 "엑셀시오르"(Excelsior, '더 높이')라고 으르렁거렸다. 아이들이 바퀴 자국이 잔뜩 난 눈 속에서 빨개진 맨손으로 놀고 있다가 우리를 보고 야유를 보내는 빈민가를 지나 집으로 돌아갔다. 언덕 위로 오르자 그들의 목소리가 잦아들었고, 시끄러운 만으로 나가자 항구의 새들과 뱃소리가 들려왔다. 그리고 차 마시는 시간이 되었을 때, 기운을 차린 아저씨들은 즐거운 얼굴을 하고 있었다. 그리고 테이블 가운데 아이싱으로 장식한 케이크가 대리석 묘비처럼 자리 잡고 있었다. 해나 아주머니는 차에 럼주를 따랐다. 일 년에 한 번밖에 없는 날이니까.

가스등이 잠수부처럼 부글거릴 때, 난롯가에서 이야기를 하고 있으니 신기한 이야기를 꺼내봐라. 길고 긴 밤, 무서워서 어깨너머를 돌아볼 수 없을 때, 올빼미 소리를 내는 유령들. 가스계량기가 돌아가는 계단 아래 숨어 있는 동물들. 그리고 거리를 밝힐 달빛 한 점 없을 때, 캐럴을 부르러 나간 적도 있었다. 긴 도로 끝에는 커다란 집으로 들어가는 입구가 있었고, 우리는 그날 밤 그 어두운 입구로 우연히 접어들었다. 우리는 모두 두려웠고, 혹시 몰라 손에는 돌멩이를 들고 있었고, 너무 용감했기에 아무 말도 꺼내지 못했다. 나무 사이를 스쳐 지나오는 바람은 동굴 속에 숨어 있는 늙고, 불쾌하고, 어쩌면 물갈퀴가 달린 사람이 내는 숨소리 같았다. 우리는 검고 커다란 집 앞에 다다랐다.

"뭘 불러줘? 「천사 찬송하기」를?"

"아니." 잭이 말했다. "「좋은 왕 웬체슬라스」. 내가 셋을 셀 게."

하나, 둘, 셋하고 노래를 부르기 시작했고, 우리 목소리는 아는 사람도 살지 않는 그 집 주위, 눈이 덮고 있는 어둠속에서 높고 멀게 느껴졌다. 우리는 어두운 문 앞에서 서로 바짝 붙어 서 있었다.

좋은 왕 웬체슬라스가
스티븐의 연회를 내다보니…….

그때 마치 오랫동안 말을 한 적 없는 것처럼 작고 갈라진 목소리가 우리와 함께 노래를 부르기 시작했다. 문 안쪽에서 작고, 갈라진, 달걀껍질 같은 목소리가 들려왔다. 열쇠구멍을 통해 작고 갈라진 목소리가 흘러나왔다. 그리고 우리가 달리기를 멈췄을 때는 *우리* 집 앞이었다. 응접실은 아늑했다. 뜨거운 물을 쏟아 내어놓는 가스 아래 풍선이 둥둥 떠다녔다. 모든 것이 다시 좋아졌고, 시내를 배경으로 반짝였다.

"어쩌면 유령이었을지도 몰라." 짐이 말했다.

"어쩌면 트롤이었을지도 몰라." 항상 책을 읽었던 댄이 말했다.

"들어가서 젤리가 남아 있나 보자." 잭이 말했다. 그리고 우리는 그의 말에 따랐다.

크리스마스 밤이면 항상 음악이 있었다. 아저씨 한 분은 바이올린을 연주했고, 사촌 한 명은 「체리가 익을 때」를 노래했고, 또 다른 아저씨는 「드레이크의 북」을 노래했다. 작은 집 안은 참 따뜻했다. 파스닙 술을 마신 해나 아주머니는 피 흘리는 심장과 죽음에 관한 노래를 불렀고, 자기 마음이 새 둥지 같다는 가사가 나오는 노래도 불렀다. 그리고 다시 모두 웃었다. 그리고 나는 잠자리에 들었다. 내 방 창문을 통해 달빛과 끊임없이 내리는 연기 색깔 눈을 내다보면, 우리 언덕에 있는 다른 모든 집 창문에서 불빛이 보였고, 느릿느릿 지나가는 긴 밤 동안 그곳에서 흘러나오는 음악소리도 들렸다. 나는 가스등을 끄고 침대로 들어갔다. 가깝고 성스러운 어둠을 향해 몇 마디를 중얼거린 뒤 잠들었다.

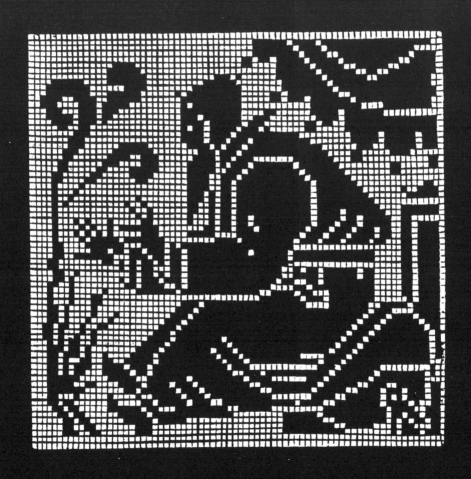

세계 만방의 크리스마스

Ida Kar(1908~1974), *Blaise Cendrars*, 1957 © National Portrait Gallery, London.

세계만방의 크리스마스

뉴질랜드에서의 크리스마스   33

중국에서의 크리스마스와 새해   37

막스 자콥과의 크리스마스   41

뉴멕시코 주 인디언들과의 크리스마스   43

약속의 땅 사람들과의 크리스마스   45

뉴욕에서의 크리스마스   49

로테르담에서의 크리스마스   53

바이아에서의 크리스마스   57

외인부대에서의 크리스마스   59

아르덴 숲에서의 크리스마스   63

*지붕 위 황소*에서의 크리스마스   67

뉴질랜드에서의 크리스마스

프랑신 드 보브릴에게

지구 반대편. 남반구의 여름. 크리스마스다. 나는 말에서 내려 모래언덕 위에 올라 사람들로 바글대는 해변을 바라본다. 상어 방벽 안쪽에서 신나게 놀고 있는 도시인들. 고래상어는 치열이 세 개고, 턱의 각 치열마다 6천 개의 이빨이 달려 있다.[1] 어제는 햇살에 널브러진 바다표범 떼였고, 그제는 먼 바다에서 노는 두 쌍의 코끼리물범이었다. 나는 말에 족쇄를 채운 뒤 목욕을 하러 내려간다. 이어 뭍으로 다시 올라와, 옷을 입고, 안장에 올라, 방향을 틀어, 박차를 가해 내륙으로 향한다. 크리스마스다. 목동들, 별, 베들레헴의 동굴, 구유, 바티칸 성물실 안 피옴비노(Piombino)의 파란 천사들, 우주의 음악, *지상의 선한 이들에게 평화를*……, 양들. 작년에 나는 로마에 있었다…….

혹 세상 어딘가에 온유의 나라[2]가 있다면, 그건, 첫눈에도, 뉴질랜드다. 이 두 개의 유복한 섬에서는 거대한 무리의 빼어난 짐승들이 골짜기마다 빽빽한 풀들을 뜯어먹는다. 일 년 내내 그 누구도 그들을 방해하러 오지 않는다. 사람들은 인간의 그림자조차 마주치지 않은 채 차로 며칠 내내 혹은 말로 몇 주 내내 여행할 수 있다. 숱한 능선을 넘고, 새로운 산과 계곡을 내려와도 결코 초지를 벗어날 수 없다. 단, 석회 폭포 하나, 그리고 신혼여행을 보내려고 오는 젊은 신혼부부들이나 금혼식을 축하하려고 오는 노부부들을 위해 만든 미니어처 스위스 같은 작은 원시림 하나, 그리고 실론 섬에서나 볼 수 있는 신기하고 희귀하고 생생한 열대식물들, 특히 이 지역의 원시 식물군 중 유일하게 남아 있는 대형 십자 양치류의 총림 몇 개를 제외하고는, 경치라고는 눈을 씻고도 찾아볼 수 없다. 내륙 전체는 목초지를 분리하는 5겹 유자철선의 높다란 방책들로 직방형으로 나뉘어져 있다. 계곡은 다른 계곡들과 느슨하게 맞물려 있다. 언덕은 다른 언덕들로 이어진다. 그 무엇도 사방에 펼쳐진 반짝이는 풀들의 균일성과 획일성을 깨트리지 못한다. 이 어두운 녹색의 풀은 물처럼 하늘을 비추고, 풍경을 압도하고, 거기에 고요, 휴식, 평화, 뜨거운 침묵의 모습을 드리운다.

우연히, 그리고 혹 운이 좋다면, 커다란 유칼립투스 총림 속 향기로운 그늘 아래 멧비둘기들의 구구거리는 소리와 겹겹의 판지들이 바스락거리는 소리를 만날 수 있는데, 이 새롭고 근사한 방갈로를 농가라고 부를 수 있다면, 저녁마다 그곳에서는 농부가 아닌 한 소작인이, 농장주 부인이 아닌 한 부르주아 여인이 자동피아노 앞에 앉거나 라디오에 몸을 숙인다.

밤이, 크리스마스이브가 다가오고 있었다. 나는 하루 종일 말을 타고 달렸고, 분명 길을 잃었다. 그리고도 한동안 나는 별이 총총한 밤을, 남십자성의 아연한 광채 때문이 아닌 수십억 마리의 미친 듯한 반딧불이의 번쩍이는 빛 때문에 방향감각을 잃은 채 밤길을 달렸다.

마침내 작은 숲에서 내렸다. 말을 나무에 묶었다. 유칼립투스 향이 좋았다. 빼곡한 비늘을 두른 나무등치들 사이로, 아니 어떤 음악에서 한 줄기 미광이 흘러나왔다. 피아노였다. 계곡 입구에 집 한 채가 숨겨져 있었다.

나는 아무 소리도 내지 않고 다가갔고, 눈앞에 더욱 놀라운 광경이 펼쳐졌다. 한 남자와 한 여자가 있었고, 남자는 턱시도 차림에, 여자는 깊게 파인 드레스에, 목에 한 줄의 진주 목걸이를 두르고 있었다. 그들은 융단을 깐 타부레 의자에 나란히 앉아, 열린 창문을 등진 채, 세 개의 손으로 피아노를 치고 있었다. 「팔리아치」[3]였다. 그들 뒤 탁자에는 등유 램프, 화로에 올려 중탕 중인 양철통째의 건포도 푸딩[4], 위스키 병, 그리고 잔이 있었다……. 나는 짓

34

누르는 피곤에도 불구하고, 이 두 존재, 어깨를 나란히 하고, 서로 미소를 지으면서, 자신들을 위해 연주하고 있는 그들을 바라보느라 한동안 가만히 있었다. 지구상에 오직 그들뿐이었다…….

자정이 되어서야 그들을 알게 되었다. 그들은 자신들의 이야기를 내게 들려주지 않았다. 어쩌면 그런 이야기가 없을지도. 부부는 행복했고, 그들은 고독 속 행복을 선택했다. 그건 값을 매길 수 없는 비밀이리라……. 평화……. 행복……. 그러나 우리는 인생을 횡단보도로 건너는 것이 아니니, 남자는 전쟁을 치렀고, 그리고 그는, 나처럼, 거기서 팔 하나를 잃었다…….

희한한 만남이었다. 허나 크리스마스이브는 멋졌다. 그는 왼팔, 나는 오른팔.[5] 우리는 건배했다.

아르투아의 앤잭[6].

맙소사, 여행을 하면 세상이 어찌나 좁은지!……

중국에서의 크리스마스와 새해

레몬에게[7]

1929년, 중국 북부에서의 크리스마스. 나는 마르세유의 상통 혹은 생 레미 드 프로방스의 구유[8]와, 내가 직접 목격한, 야외에 세워진 구유, 눈 속의 구유, 진짜 인물들로 만든 구유, 그러나 진짜지만 살아 있지 않은 인물들로 만든 구유를 비교할 기회가 있었다.

마 장군[9]의 병사들은 한 가톨릭 선교회의 모든 시설을 약탈했고, 신부들과 가축들을 학살했다. 마 장군의 병사들은 기독력을 알고 있고, 오늘이 크리스마스임을 잘 알고 있다. 그래서 그들은 개종한 중국인들을 비웃기 위해 마을에서 가까운 언덕 비탈에 구유 하나를 세웠다.

이 장면을 상상하고 싶다면, 쥘 자냉의 소설 제목 『죽은 나귀와 참수된 여인』[10]을 생각해야 한다. 물론, 나귀는 죽었지만, 사람들은 그 시체를 물소의 시체 옆에 똑바로 세울 수 있었다. 여타의 다른 인물들도 경건할 정도로 세심하게 배치되었다. 어린 예수는 배가 갈라진 꼬마이고, 동방박사들은 그들의 내장과 잘린 팔다리를 바치고 있고, 성모는 앞치마 속에 자신의 머리를 들고 있다. 그렇다, 이게 중국식 구유다.

전경에는 마 장군의 병사들이 행진하고 있고, 그들은 마치 그림이 살아 숨쉬기를 기다리는 듯 열심히 주목하고 있다. 부대는 눈보라 속으로 사라진다…….

1930년, 여전히 러허성(Jehol, 熱河省)을 유린 중이었던 마 장군은 그의 병사들과 함께 같은 지역으로 돌아왔다. 땅은 누렜고, 농부들은 밭에서 일하고

있었고, 중국력으로 그날이 바로 그들의 새해였다. 장군은 노동자들을 칼로 베어 죽였고, 그리고 마을 주민들을 조롱하기 위해 그 언덕 비탈에, 그러나 반대편 경사에 세운 한 복싱 링으로 그들을 초청했고, 그 링은 가히 본 적 없는 초유의 링으로, 땅에 박은 말뚝에 묶인 채 서 있는 참수된 사람들이 권투 선수처럼 서로를 마주보며, 톱으로 잘린 주먹으로 서로를 위협하고 있었다. 그들은 여전히 똑같은 장군에 똑같은 병사들이었지만, 그새 표변하여 지금은 적군에 속해 있었다. 공연은 무료였고, 선전의 일환이었다. 이걸 진보적 선전이라고 해야 하나?……. 아니면 뭘까?…….

열두 개의 머리들이 땅에 널브러진 채, 혹은 울타리 장대에 변발로 묶인 채 매달려 있었다.

En sabots
venu
En sabots
parti
Cocasse et
magnifique
Comme
le
rêve

Jean Cocteau
* 1961

막스 자콥과의 크리스마스

니노와 시몬 프랑크에게[11]

이 일은 1921년경 있었던 일로, 막스 자콥[12]은 아직 가브리엘 가에 살고 있었다. 그는 자정미사를 위해 나와 아베스 성당[13]에서 만나기로 약속했고, 사실 나는 그가 조금 일찍 도착한 것을 보았다.

그는 말쑥한 정장 차림이었다. 오페라모자, 프록코트, 넥타이, 외알 안경, 반짝이 단화, 그리고 속옷을 안 입은 것을 감추기 위해 턱까지 단추를 채운 오버코트를 입고 있었다. 그는 겨드랑이에 작은 양탄자를 끼고 있었고, 그걸 곧장 펴더니 그 위에 무릎을 꿇었다. 다만 그가 최근 류머티즘을 앓기 시작한 탓에 무릎을 꿇고 있는 게 힘들어 보였다. 그는 무릎을 꿇자마자 다시 일어났고, 그럼에도 그 1분 내내 미사를 멈추지 않았다……. 그가 양탄자를 다시 말더니, 자리를 바꿨다. 그는 다른 데로 갔고, 나는 그의 뒤를 따랐다. 제실을 바꿨는데, 이런, 잘 들리지가 않았고, 그래서 그는 다시 처음 자리로 돌아갔다. 그러는 내내 그는 연신 굽신거렸고, 미소를 지었고, 낮은 목소리로 사과했고, 그때마다 잠깐잠깐 기도와 찬송을 멈췄다. 사람들은 그를 잘 알고 있었고, 다들 익숙했다. 결국, 서너 차례 자리를 바꾼 뒤, 그가 내게 속삭였다. "확실히, 난 사크레 쾨르가 더 좋아. 거기가 더 편해……."

그가 부랴부랴 일어났다. 그가 한 걸음에 네 계단씩 오르는 모습을 나는 볼 수조차 없었는데, 그건 그가 이미 저만치 떨어져, 자신의 둘둘 만 양탄자를 겨드랑이에 낀 채, 언덕 정상을 향해 오르고 있었기 때문이다. 그는 단지 예배의 마지막을 놓치고 싶지 않았던 것이다…….

내 생각에는 이게 내가 너를 본 마지막 모습 중 하나인 것 같아, 막스.

No. 106.   Looking up Caliente Rio, at the Hot Springs.   D. B. Chase, Photographer, Santa Fe, New Mexico

뉴멕시코 주 인디언들과의 크리스마스

레몽과 가비 마느비에게[14]

뉴멕시코 주의 인디언들은 크리스마스트리를 박엽지로 만든 알록달록한 무지개[15]로 대체해서, 그걸 토탄 불 위의 두 의자에 올려두고, 그렇게 밤새 불이 타면서 불길의 뜨거운 공기가 박엽지로 만든 무지개를 열기구처럼 부풀리게 되는데, 내심 나는, 나폴리에서 피에디그로타 축제[16] 때 사람들이 박엽지로 만든, 알코올에 적신 목화송이가 내뿜는 열기의 상승력으로 움직이는 그 가냘픈 풍선들을 날리듯, 그 즉석 비행체를 이 기지로 옮겨, 그걸 날리는 순간 불을 붙이리라, 그러면 밤은 투명한 구체들로 환히 빛나고, 그게 제각각 다른 높이에서 떠다니면서 종종 불도 붙겠지, 라고 기대했고, 그러면 잔뜩 팽창된 무지개가 당장이라도 줄을 끊고 내빼면서 공중으로 사라지는 것을 보게 되리라 기대했다. 그런데 아무 일도 일어나지 않았다…….

인디언들은 그들의 불 주위에 쪼그려 앉아, 묵상하듯, 그들의 알록달록한 무지개 앞에서, 자기최면을 걸면서, 아무 말 없이, 그들의 약인, 버섯보다 크지 않은 신성한 작은 선인장을, 그 유명한 페요틀[17]을, 눈을 탄복시킨다는 그 식물을 되씹고 있다.

한참 시간이 흘렀다…….

이들은 꿈을 꾸고 있을까?

과거를?

미래를?

그들 자신도 모국에서 유배당한 느낌을 가지고 있다는 것을 우리도 잘 알고 있다…….

그러다가 불쑥 난리가 인다. 그건 일종의 자랑스러운 광기다. 다들 어떤 알 수 없는 오래된 분노에 휩싸인 듯, 다 함께 일어나 공동가옥 밖으로 뛰쳐나간다.

25년 전, 그들은 말에 뛰어올라 푸에블로[18]의 유일한 길에서 미친 경주를 벌이며 크리스마스이브를 보냈고, 여자들은 말들을 자극해서 말들이 먼지구름 속으로 쏜살같이 질주하는 것을 보기 위해 그들에게 수박더미를 던지곤 했다. 오늘날, 그들은 차에 뛰어들어 각자 국경까지 맹렬히 달린 뒤 그곳에 집결해서, 바퀴와 바퀴를 맞대고 묵상한다…….

반대편에는, 유정(油井)에 둘러싸인 신흥도시가 있다. 지붕 위 빛나는 간판들, 스포트라이트들, 네온사인들, 요란한 스피커들. 나이트클럽의 열린 문으로 댄스음악이 흘러나오고, 독주 냄새 물씬한 가요와 노래들의 갈팡질팡한 가사들이 쏟아진다…….

불법으로 국경을 넘은 인디언은 다시는 돌아오지 않는다.

이곳은 자신이 있는 곳에 따라, 마치 파스칼처럼, 남쪽 국경 이쪽인지 혹은 저쪽인지에 따라 Stinckingsprings 혹은 Ojos Calentes로 불린다.[19]

약속의 땅 사람들과의 크리스마스

피에르 라자레프에게[20]

이것은 1910년, 볼투르노 호[21]에서 있었던 일로, 세상에서 가장 가난한 이민자들로 가득 찬 화물, 그것을 뉴욕으로 수송하기 위해 리바우[22]에서 방금 선적을 마친 화물선, 나는 거기에 통역 자격으로 타고 있었다.

볼투르노는 아주 작은 화물선으로, 대서양 횡단선은 전혀 아니었지만, 바다를 잘 헤쳐 나가는 좋은 작은 나막신[23]이었다. 그래도 어쨌든 사람들은 거기서 추위로, 그리고 일부는 굶주림으로 죽었다.

배는 가난한 사람들로 초만원이었고, 아시아 각지에서 온 가난한 사람들, 시베리아인들과 타타르인들, 조지아인들과 페르시아인들, 아르메니아인들과 키르기스인들, 산유 지역의 회교도들, 스텝 지역의 유목민 불교도들, 거기에 소수의 희귀한 북중국인인 거구의 만주인들, 그리고 유대인들, 폴란드의 모든 게토에서 온 다수의 가난한 유대인들, 그들은 그들의 근심을 가리고 신세계, 그 약속의 땅에 대한 그들의 기대를 표하기 위해 갑판에 무리지어 모여 노래를 부르곤 했다…….

횡단은 오래 걸렸다. 스무여드레. 크리스마스가 다가오면서 끔찍한 태풍에 갇혔고, 그 와중에 볼투르노 호가 스크루를 잃었기 때문이다.

사람들은 그 무수한 인원을 선채 바닥에 잡아두기 위해 현문을 닫고 모든 입구를 봉쇄해야 했다. 볼투르노 호의 춤추는 선체는 배 밑바닥에 갇힌 이 불행한 자들의 통곡으로 울려 퍼졌고, 그리고 아무도, 그들이 방수벽 문을 연신 쇠망치로 내리쳐도 누구 하나 아랑곳하지 않았다.

크리스마스는 뉴펀들랜드에서 지나갔고, 우리는 거기서 스크루를 교체하기 위해 생장(Saint-Jean)에서 장기간 기항해야 했다. 그것은 내 인생에서 가장 이상한 크리스마스 중의 하나였는데, 이 비참의 동료들, 하역장 격납고에 모인 이 잡다한 군중들 모두가 심해의 큰 위협을 모면한 것에 대해, 그리고 약속의 땅에 이른 것에 대해 하늘에 감사하고 있었다.

다들 자신의 하느님을 찬양했고, 각자의 방식으로 그분께 감사를 드렸다. 파르시인들[24]은 취사용 불을 밖으로 가져와 사람들이 그들에게 나눠준 브랜디 잔을 거기에 붓고 있었다. 유대인들은 마치 통곡의 벽 앞에 있는 듯, 부두의 골함석 벽을 따라 서서 모자를 갖춘 채, 한숨과 눈물을 쏟고, 카프탄 셔츠 윗단을 찢고 있었다. 대다수는 말없이, 공포에 질려 멍하니, 그저 기도했다. '하느님은 하느님이시다.'

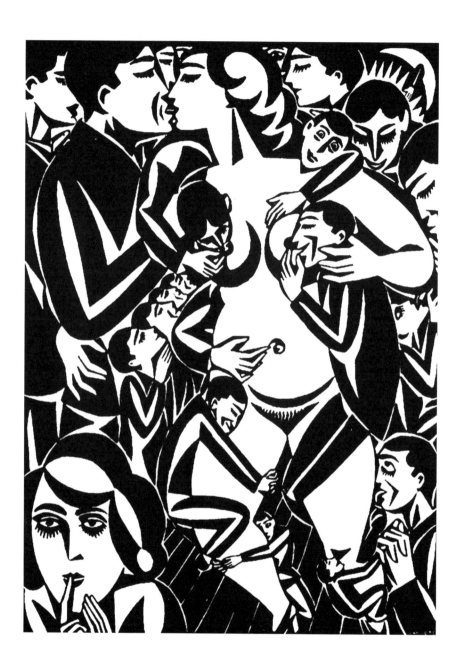

뉴욕에서의 크리스마스

폴과 크리스티안 질송에게[25]

다시 한 번, 볼투르노 호는 브루클린 깊숙한 곳의 289 잔교[26]에 막 정박했고, 그러나 그게 내 마지막 선상 여행이었다. 바로 그날 저녁, 1911년 크리스마스이브, 나는 자루를 땅에 내려놓고, 커다란 안도감으로 이곳을 벗어난다. 나는 부두를 따라 걸으면서, 이어 거대한 인구 과밀의 도시, 그리고 그날 저녁, 환희에 차 있고, 맥주홀들은 온통 축제 분위기에, 도로까지 튀어나온 군중들로 바글대는 이 도시를 가로지르면서, 책과 원고가 가득한 무거운 바구니를 어깨에 멘 채 내 길을 찾아 뚫으면서, 또 크랭크오르간들, 바자회, 몇몇은 가짜 코를 붙인 채 온갖 폭죽을 터뜨리는 꼬맹이들 무리 사이를 천천히 나아가면서, 이곳을 벗어난다.

유명한 브루클린 현수교에 도착한 나는 과감히 보행자용 구름다리에 올라서서, 일종의 경이로운, 가히 취기나 다름없는, 한 발 한 발 내딛을 때마다 새로워지는 그런 기쁨으로 뉴욕을 만나기 위해 앞으로 나아간다. 너무나 유명한 뉴욕의 파노라마는 매번 나를 황홀경에 빠뜨리지만, 특히 그날 밤은 유독 심해서, 내 정면에 서 있는, 이스트 강 저편에 펼쳐진, 달빛으로 어슴푸레한, 그림자와 빛들로 숭숭 구멍이 뚫린 이 파노라마는, 비록 다리 끝에서부터 점점 더 그곳으로 다가갈수록 높이도 커지고, 두께, 부피, 넓이도 점점 커지지만, 내가 오는 것을 바라보고 있는 대낮처럼 밝은 수백만 개의 창과 문 때문에 발을 내딛을 때마다 점점 더 비현실적으로 보인다……. 나는 현기증이 일고, 머리가 핑 돌고, 다시 한 번, 길을 잃은 느낌이다.

어디로 가지? 어디로 돌아가지? 어떤 동네로? 어떤 집을 고르지? 어떤 문을 밀지? 이제 나는 어떤 창문에 자리를 잡고, 거기서 꼭 나 같은, 교각의 썰렁한 상판 위 하늘과 땅 사이에서 길을 잃은 어떤 다른 사람, 어떤 다음 사람이 오는 것을 바라보지?…….

다리 끝에 도착한 나는 뉴욕에 판판하게 들어가지 않고, 강 우안 기둥에 박혀 있는 나선형 철 계단을 데굴데굴 구르듯 내려가 차이나타운 수역으로 빠진다. 거의 대부분 낡고 어두운, 크고 작은 건물들이 둘러쳐 있고, 단 하나 예외라면, 백여 개의 창문이 뚫린, 창문마다 아크등이 삐걱대는 이삼십여 층짜리 건물이 하나 있다. 내게 선택의 고민 따위는 없고, 나는 뛰어서 도로를 건너, 부두의 유일한 불 밝힌 집으로 향하고, 문을, 두 번째 문을 밀고, 질풍처럼 방으로 돌진한다.

냉기에 한순간 멈칫했다. 나는 바구니를 바닥에 던지고 바라보기 시작했다.

나는 유대의식 도축장에 들어갔었다. 내 앞에는, 산더미처럼 쌓은 나무궤짝 위에 올라앉은 한 젊은 랍비가, 뒤통수에 중산모를 걸치고, 관자놀이에 곱슬머리 뭉치를 달고, 소매를 걷어붙였지만 토라의 작은 띠를 팔꿈치에 묶은 채 성무를 치르고 있었다. 그는 피가 흥건히 묻은 손으로, 사람들이 그에게 바친 생닭들을 흡사 제사장의 칼이나 할례자의 칼처럼 구부러진 날로 한시도 쉬지 않고 도살했다. 그것은 섬세하고 정밀한 작업이었지만, 어쨌든 미국식 작업, 말하자면 연속라인 작업이었는데, 왜냐하면 닭들은 천장 끝까지 닭장이 쌓인 맨 왼쪽에서 출발해서, 맨 오른쪽으로 민첩하게 지나가면서, 털을 뽑고, 내장을 비우고, 라벨을 붙이고, 포장되어, 바퀴 달린 바구니에 담겨 줄지어 떠나, 화물용 승강기에 실려 운송차량으로 이동하여 도시로 배달되기 때문에, 그리고 그 라인의 이쪽 끝에서 저쪽 끝까지, 손에서 손으로 거쳐

가는 닭들은 그들의 목을 단숨에 베는 랍비의 칼 앞에서 고작 0.5초나 0.25초만을 멈췄기 때문이다.

　가끔, 고집을 부리거나, 볼품없거나, 놓친 닭이 손에서 탈출하여 꾸르륵대며 꼬꼬댁 장송곡을 내지르며 날아갔다. 허나 아무도 그것에 개의치 않았는데, 왜냐하면 도축 량을 시간으로 재는 라인의 리듬을 그 무엇도 멈추게 할 수 없었기 때문이다. 긴 쇠막대로 무장한 한 족장이 목이 잘린 새를 꼬챙이에 꽂아 이렇게 표시된 바구니 안에 던졌다. *텔아비브의 고아들을 위해.*

로테르담에서의 크리스마스

앙투아네트 앙드리외 부인에게

볼투르노 호 때문에 로테르담에서 겪은 또 하나의 해상 크리스마스가 떠오른다. 빌어먹을 화물선 같으니.

나는 선상 작가인 페이터 반 데르 키어와 친구가 되었고, 그는 로테르담에서의 이례적인 기항 때, 그동안 십 년 동안 보지 못한 누이에게 인사를 하러 가기로 마음먹었다. 그는 자신의 누이가 철도원과 결혼해서 가정주부가 된 것을 알고 있었지만, 정확히 그녀에게 몇 명의 아이들이 있는지는 몰랐다.

그럼에도 왠지 그 가족의 하나라는 느낌이 있었던 페이터는 거의 전 세계의 모든 기항지에서 우연히 구입한 장난감들로 가득 채운 자루를 등에 늘어지게 매고 갔다. 그것은 일본 인형들과 멕시코 상통들, 폴리네시아의 커다란 부적들과 뱃속에 작은 거울 조각이 들어 있는 흑인들이 만든 어설픈 작품들, 그리고 조가비 목걸이들과 색색의 유리 목걸이들, 그리고 산발한 깃털들을 눈부신 다발로 묶은 뒤 보이지 않는 실에 매달아, 가히 실낱같은 미풍에도 예민하게 반응하는, 마치 날아다니는 것처럼 보이는 인도제 새들, 그리고 뱃속에 돌돌 말린 고무줄이 들어 있어서 탁자 위에 던지면 개골개골하며 뒤집어지는 과테말라의 개구리들, 그리고 사내애들에게 줄 뉴욕에서 산 멋진 작은 기계들이었다.

진짜 산타클로스의 날씨였다. 이슬비가 내리고 있었다. 거센 돌풍도 불고 있었다. 우리는 로테르담의 유명한 홍등가인 블룸(Bloom)의 중심가를 지나갔는데, 전혀 화끈하지 않았고, 혹 너무 이른 시간 탓이었는지도 모르겠다. 곰팡이가 잔뜩 슨 집들이 운하의 검은 물속에 처박혀 있었고, 돌풍이 일 때

마다 벽돌들이 물컹하고 축축한 씹는담배처럼 도로 위로 떨어져 으깨졌다. 우리는 주점들의 쾅 하고 닫힌 문 사이로 새어나오는 자동피아노의 발작적인 기침소리인지 혹은 공압식 파이프오르간의 백일해 소리 같은 음의 파탄인지를, 그리고 안뜰에 있는 크랭크오르간의 목쉰 탄식을 들었다.

우리는 드디어 제방과 간척지 사이에 있는, 내 친구의 누이가 살고 있는 허름한 집에 도착했다. 바로 거기서 우리는 헛간에서 낡은 비누통 한 개를 갖고 놀고 있는 한 떼의 아이들을 만났다. 몇 명이었더라? 잘 모르겠다. 여섯, 일곱, 여덟…… 열 살인 장남 얀체, 그리고 한 살짜리 막내 샨케는 그에게 젖병을 물리고 있는 형의 무릎 위에 있었고, 이어 쌍둥이인 두 명의 존스와 피어, 거기에 플립, 구스트, 검은 독사 같은 토티예, 그리고 나머지는 누구인지 잊어버렸다. 더구나 아직 끝난 게 아닌 게, 내 동료의 누이는 물이 흥건한 황야의 버려진 작은 농가에서 새 꼬마를 임신 중이었고……, 페이터는 방으로 들어가 누이를 만나, 그녀에게 키스했다.

그래서 내가 삼촌의 장난감 자루를 풀기 시작했다. 마치 귀신 들린 꼬마처럼 악을 쓰고 있던 토티예에게는 뉴욕의 빨간 소방차와 커다란 사다리를, 울고 있던 플립과 웃고 있던 구스트에게는 팔짝대고 개골거리는 개구리들을, 머리가 큼지막한 피어에게는 아프리카의 가면들과 과테말라의 새들을, 거기에다 또 아기 예수가 있는 멕시코의 구유와 그 모든 이국적인 인물들이 있었고, 그리고 또, 비 때문에 약간 뒤틀린 과자 상자에는 꼬맹이 파이들, 원뿔 콘들, 머랭들, 밀푀유들, 초콜릿을 박았거나 아몬드, 계피, 바닐라, 안젤리카, 설탕가루나 설탕물을 입힌 절인 버찌가 뿌려진 여러 과자들과, 럼주에 적신 카스텔라들, 그리고 내가 가져온 슈크림들이 있었다.

아이들은 꿈쩍도 하지 않았다. 그걸 만지지도 않았다. 그런 걸 본 적이 없었다. 그게 뭔지도 몰랐다. 아이들은 거기 진열된 장난감들에 겁을 먹었다기보다 너무 놀랐고, 그리고 그 모든 과자들이 먹는 건지도 알지 못했다. 불쑥,

하나가 울기 시작하더니, 다른 애들이 비명을 질렀고, 갑자기 집 전체가 흡사 누군가 부엌에서 돼지의 멱을 딴 듯, 온갖 저주와, 자지러지는 비명과, 불평으로 가득 찼다.

나는 페이터가 달려오는 것을 보았고, 그가 내게 말했다. "여길 떠나자, 누이가 애를 낳고 있어…… 끔찍해, 무서워, 뭐가 뭔지 하나도 모르겠어……." 그는 화가 나 있었다. 우리는 두 명의 도둑처럼 도망쳤다. 그때 하늘의 수문이 열렸고, 미지근하고, 이상하고, 짭짤한 비가 내렸고, 마치 청어를 절인 소금물을 쏟아내듯 청어 비늘조각들이 섞여 있었다.

그날은 *자정의 탱고*에서, 내 평생 끼어든 싸움 중 가장 특별한 싸움으로 마무리되었고, 내가 결코 잊을 수 없는 것은 4층에서 떨어진 피아노가 땅에 막 부딪쳤을 때 낼 수 있는 그 소리인지 괴상한 음악이었다.[27] 밤새 야옹대는 천 마리의 수고양이들, 발정 난 천 마리의 암코양이들…….

바이아에서의 크리스마스

마리아 프리아스에게

바이아, 브라질 흑인들의 로마, Bahia de todos los Santos(모든 성인들의 만灣), 한 해의 날 수보다 성당이 더 많은 바이아, 그곳, 흑인들의 본당인 봄핌(Bom-Fim) 성당에서는 성탄절에 수탉의 미사를 거행하고, 구유 주위에 운집한 신도들은 신성한 아기를 흑인이었던 세 동방박사의 한 분만큼 숭배하지 않는다. 그들은 시바의 여왕의 왕국인 아프리카에서 온 가스파르와 그의 위대한 코끼리가 낙원을 누릴 줄 알았으며, 바로 그들이 아프리카 흑인들뿐 아니라 그곳의 동물들에게도 천국의 문을 활짝 열어주었음에 기뻐한다…….

그래서 바이아의 구유에는 소와 나귀가 종종 나귀는 단봉낙타로, 소는 혹소[28]로, 거기에 온갖 가축들과 토착 동물들의 행렬이 그들을 에워싸고 있고, 또 구세계와 신세계의 밀림 속 모든 야수들이 아기 예수에게 몸을 숙이고 있는데, 인산인해의 성당 저 안쪽, 밀짚 속에서 꼼지락대고 있는 그 아이는 종종 흑인 아이거나, 더욱이 종종 갈색 여자아이다. 그리고 수탉이 있다.

그리스인들과 마찬가지로 아스클레피오스의 수탉[29], 닭장의 수탉, 수탉의 꼬꼬댁 소리, 수탉의 참수, 수탉의 피 튀김은 흑인 주술에서 큰 위치를 차지한다. 그래서 수탉이 구유에 등장한다. 수탉의 희생은 사방에 쓰인다. 나는 바이아의 한 구유에서 살아 있는 수탉이 베들레헴의 별을 대신한 것을 본 적이 있다. 또 다른 성당에서는 죽은 수탉이 긴 화살에 꽂혀 별에 박혀 있었고, 봄핌의 한 예배당에서는 검은 수탉이 황금 칼에 찔려 있었으며, 그 몸에서 헤롯의 이름을 역청으로 쓴 세 가닥의 번개가 뻗쳐 나와 폭풍우 치는 하늘 속으로 지그재그로 솟구치고 있었다…….

그러나 수탉의 미사는 비극이 아니다. 그들은 살아 있다는 기쁨과 세상에 태어난 기쁨을 기념하고, 창세의 동물들은 아프리카 우화에서처럼 주도적 역할을 한다. 심지어 기도와 시편을 읊는 중에도 참석자들은 짐승의 울음소리를 모방하는데, 누구는 코끼리나 코뿔소처럼 울고, 누구는 소처럼 음매하고, 양처럼 매하고, 개처럼 멍멍대고, 강아지처럼 낑낑대고, 새처럼 지저귀고, 비둘기처럼 구구대고, 사방으로 퍼지는 쩌렁쩌렁한 꼬끼오 소리를 내지르고, 한편 거지들은 성당 입구에서 이렇게 노래한다.

> *살아라, 살아라, 살아라, (Viva, viva, viva,)*
> *기쁨을 누려라, (Viva a alegria,)*
> *당신의 주님의 집에서……. (Na casa de Vossa Senhoria……)*

외인부대에서의 크리스마스[30]

플뤼슈 부인의 수다를 기억하며

상병 올리버 설리반이 정신을 차렸을 때, 그의 눈에 들어온 태양은 마치 붉은 안개에 가려진 듯했다. 그는 뒤로 나자빠지면서 머리는 포탄 구멍 바닥에 처박았고, 두 발은 구멍에 걸려 있었다. 철조망 하나가 그의 목덜미를 긋고 있었다.

그는 용을 써서 다리를 당겼고, 간신히 포탄 구멍 속에 몸을 웅크렸다. 순간, 그의 얼굴에서 피가 솟구쳤다. 그는 자신의 코가 사라졌으며, 방금 자신이 자신의 혀를 토해낸 것을 알았다. 그는 일어서려고 했지만, 이내 독일군의 수류탄 세례가 쏟아졌다. 결국 그는 구멍 안에 잠복한 채, 옆에 있는 죽은 두 동료들의 시체로 벽을 쳤다.

이제, 그는 더 이상 움직이지 않았다.

아침이 다가오고 있었다. 태양은 하늘로 솟아 그의 찢어진 입속 깊숙이 떨어지고 있었고, 당장 그의 편도선을 뽑을 기세였다. 상병 설리반은 눈이 멀었다.

갑자기 5미터도 채 안 되는 지척에서 독일인의 목소리가 들렸다. 그제야 그는 명령이 생각났다. 그는 독일 보초 한 명을 따와야 했다. 그는 스페인 사람 아이메롤과 체코 시인 카보크와 함께 밤에 떠났다. 목표를 몇 미터 앞두고 수류탄 하나가 그들을 쓰러뜨렸다. 대위가 그들에게 말했었다. "내 작은 크리스마스 선물로 가서 보초 한 명을 따와. 그러면 너희들에게 파리행 허가증을 내줄게."

따다…….

때는 정오였다. 상병 올리버 설리반은 독일군이 그들의 참호 속에서 오가는 소리를 들었다. 그들은 서로를 부르고 있었다. 사람들이 그들에게 방금 수프를 올린 참이었다. 불쑥, 상병 설리반이 양손에 막대수류탄을 들고 독일군 흉토[31] 위에 섰다. 얼굴이 없었고, 두 귀에 늘어진 턱이 걸린 그의 모습은 끔찍했다. 그는 비명을 내지를 수 없었지만, 벌어진 상처에서 핏덩이가 작게 솟구쳤다. 그는 끼니를 때우고 있던 프리츠[32]들에게 첫 수류탄을 던졌다. 그걸 모면한 그들이 다음을 기다릴 리 없었다. 그들은 손짓에 따라 참호를 뛰쳐나와, 그들과 프랑스군 참호 사이의 150미터를 가로질러 달렸다. 다섯 명이었다.

상병 올리버 설리반이 뒤따랐다. 그의 웃음은 피를 꿀떡이는 듯했다. 그는 참호 밑으로 둔탁하게 쓰러졌다. 그를 묻은 것은 그 다섯 명의 독일 포로였다.

아르덴 숲[33]에서의 크리스마스

로제와 나딘 니미에에게[34]

나는 전화로 테이블을 예약했고, 크리스마스이브 만찬에 맞춰 서둘러 파리로 돌아가야 했다. 벌써 저녁 다섯 시, 밤이 다가오고 있었고, 차갑고 짙은 안개가 땅에 닿으면서 얼어붙었다. 내 차는 문 앞에 있었다. 밀렵감시인 루(Roux)가 투덜대면서 차 안에 사냥 바구니를 던진 뒤 어린 전나무를 찾으러 갔다. 트리는 내가 *지붕 위 황소*[35]에 예약한 테이블에 밝은 느낌과 순수의 분위기를 안겨주려고 갖고 가려던 것이었다. 루가 엉망으로, 또 억지로 일을 하는 바람에 나는 그가 차에 나무를 싣는 걸 도와준 뒤 운전석에 앉았다.

"총 한 번 안 쏘고 떠나는 걸 보니 짜증나는군." 루가 말했다.

"그게 뭐가 중요해요, 친구. 일찍 출발하는 게 나아요. 지금 이 날씨에, 이런 안개와 빙판 도로에는 내 평균속도도 아무 소용없을 거예요. 빠듯하게 도착할 것 같아요. 내가 엽서 한 장이랑 당신 코에 바를 *앙브린 양초*[36] 보내줄게요! 우리, 잊은 것 없지요?……"

루는 잔뜩 화가 나 있었다. 그는 아무 말 없이 가더니 헛간에서 토끼 하나의 귀를 잡고 나와 멀찍이서 차 안에 던진 뒤, 다시 집으로 들어가 손에 수통과 두 개의 잔을 들고 돌아왔다.

"건배하죠." 그가 말했다.

"건배하죠." 내가 말했다.

그리고 나는 웃음이 빵 터졌는데, 왜냐하면 꼭 썩은 바나나처럼 곧 떨어질 듯한 그의 벌건 주먹코가 너무 웃겼기 때문이었다.

"코 조심하세요." 내가 말했다. "쥐도 새도 모르게 코가 떨어지겠어요. 꽁꽁 얼어붙었잖아요!"

그의 인상을 펴게 만들 수는 없었다. 그는 기분이 좋지 않았다. 스스로도 못마땅한 탓에 더 기분이 좋지 않았다. 그리고 지금은 화가 나 있다.

그는 일주일 전부터 기분이 좋지 않았는데, 그건 일주일 내내 그가 나를 데리고 처음 보는 멧돼지들의 흔적을 찾아 숲속 곳곳을 누볐음에도 불구하고 사냥개 목줄 한번 풀어본 적이 없었기 때문이다. 스스로도 못마땅한 것은 지난 일주일 내내 그가 줄곧 이야기한 그 늙은 외톨이, 일명 검은 짐승, 그의 주장으로는 "젊은 황소처럼 뚱뚱하고, 내가 그놈 뱃속에 뿌린 납덩이로 철갑을 두르고 있고, 정면에서 보면 척추에 털이 없는" 그놈을 호시탐탐 노렸음에도 불구하고 우리는 매번 허탕을 쳤고, 멧돼지 새끼조차 보지 못하고 돌아왔기 때문이다. 그리고 지금 그가 화가 난 것은 내가 그의 코를 언급했기 때문인데, 타고난 멋진 코지만 빛나고, 꿀렁이고, 가지처럼 붉고 보랏빛인 그 코는, 어젯밤 루가 아주 어두운 덤불 속에 꼼짝 않고 누운 채 오지 않는 짐승을 기다리며 매복해 있다가 잠이 든 탓에 동상에 걸린 뒤로는 괴상하고 우스꽝스럽게 물컹물컹 부풀어 있었다.

"그럼 당신의 그 유명한 구두약통을 내게 안 줄 겁니까?" 나는 시동장치에 발을 올리고 클러치를 넣기 전 밀렵감시인에게 다시 물었다.

말실수를 남발하는 날이 있다. 사실 루가 창안했다고 주장한 구두약 이야기는 그의 코에 닥친 불행을 간단히 언급한 것보다 훨씬 더 그의 화를 돋울 주제였다. 모든 것을 포기한 순간, 루는 선뜻 그 이야기를 들려주었다. 자신은 어떤 구두약을 갖고 있었는데, 그걸 그의 부츠에 바르면 산토끼들이 꼬여 그를 따라오기 시작했고, 종종 스물다섯 마리나 쉰 마리의 순한 산토끼들이 자기 부엌까지 들어와 손으로도 쉽게 잡을 수 있었다고 했다. 물론, 그놈들이 자진해서 스튜가 되려고 냄비 속으로 뛰어들지도 않았고, 또 그놈들이 자진해서 파이가 되려고 식칼에 몸을 내던지지도 않았지만, 그야 당연히 천만

부당한 일이지만, 루는 사람들이 자신의 이야기를 믿지 않으면 화를 내거나 진짜로 욕을 퍼붓기 시작했다.

"빌어먹을, 파리로 돌아가는 데 내 구두약이 왜 필요한가!" 그가 소리를 질렀다. 감시인은 문을 쾅 닫고, 그의 작은 집으로 사라졌다.

"안녕히 계세요! 다음에는……." 내가 소리쳤다.

그리고 나는 그에게 인사차 클랙슨을 누르며 출발했다. 한 번, 두 번, 백 번. 숲속에 그 소리만 들렸다.

당연히 나는 그의 구두약이 필요했다.

그 생각을 한 번만 한 게 아니었다. 가는 길에 백 번, 천 번을 거듭했고, 가끔은 산토끼들이 나를 따라오지 않나 보려고 속도를 늦추곤 했다.

얼마나 재미있었을까? 크리스마스이브에, 내 타이어에 루 영감의 마법의 구두약을 바르고, 북부 평원의 모든 산토끼들을 내 차 뒤에 매달고, 아르덴에서부터 콩코르드 광장까지 질주하면서, 바의 문을 열자마자, *지붕 위* 황소에 뛰어들어, 내 손님들인 진주로 치장한 아름다운 여인들, 젊은이들, 탐미주의자들, 재즈의 흑인들이 질겁하게 된다면…….

나는 눈물 나게 웃으며 입장했다.

"무슨 일이세요?" 사람들이 내게 물었다. "술 마셨어요?"

Album de la Vogue Musicale
Planche n° 1

LE BŒUF SUR LE TOIT

Edmond Dupont, éditeur

지붕 위 황소에서의 크리스마스

코코 샤넬에게

　황소에서의 크리스마스 만찬, 모이즈 부자[37]의 위대한 시대, 클레망 두세와 장 비네르[38]가 한 쌍의 피아노 위에서 끝없이 연주하고 있을 때……, 이곳에 들어설 때마다 나는 내가 여기서 누구를 볼 수 있을지 잘 알고 있었다. 그곳에는 상속녀인 늙은 위제스 공작부인[39]과 그녀의 단짝인 거침없는 말, 담배파이프, 보르도 와인이 있었다. 그곳에는 고독한 코코 샤넬이 있었다.[40] 재즈가 도깨비불처럼 이글거리고, 심지가 타들어가는 듯하면 장 콕토가 드럼에 앉으러 갔다. 그곳에는 마르트 슈날[41]이 저 백인 흑인인 앙브루아즈 볼라르[42]를 춤추게 만들어서 다시 한 번 그를 꼬드기려고 시도 중이었다. 그곳에는 어느 크리스마스이브에 황소를 나와 자신의 차와 함께 마들렌 지하철 입속으로 들어갔다가 끝내 후진해서 올라온 인쇄업자 페뇨[43]가 있었다. 그곳에는 대체 몇 개인지 몇 미터인지 알 수 없는 저 유명한 진주 목걸이의 레이그 부인[44]이, 미샤 세르[45]가, 젊은 오릭[46]이, 저 늙은 파르그[47]가 있었다…….

　파르그, 라벨[48], 볼라르, 미샤, 위제스 공작부인, 레이그 부인, 마르트 슈날 :

　　말해줘요, 어디, 어느 나라에
　　아름다운 로마 여인 플로라가 있나요…….
　　알시비아드와 타이스……
　　착한 엘로이즈는 어디 있나요……

백합처럼 하얀 블랑슈 여왕은……

커다란 발의 베르트, 베아트리스, 알리스

그리고 착한 로렌 여인 잔느

영국인들이 루앙에서 태워 죽인 그녀…….

그 옛 분들은 다 어디 있나요?……[49]

1951

e e Cummings

산타클로스

도덕극

Edward Henry Weston(1886~1958), *E.E. Cummings*, 1935

프리츠 위틀스에게

등장인물

죽음

산타클로스

군중

아이

여자

1장

(죽음이 어슬렁거리며 걸어 다닌다. 그가 신은 검은 타이츠에는 흰색 페인트로 뼈가 또렷하게 그려져 있고, 가면은 살점 없는 두개골과 비슷한 모양이다. 기운 없는 표정을 하고 배가 툭 튀어나온 인물이 빛바래고 좀 먹은 산타클로스 복장으로 등장한다. 모두에게 익숙한 산타클로스, 턱수염을 달고 웃는 노인 가면을 쓰고 있다)

죽음   무슨 문제가 있나, 형제여?

산타   네.

죽음   어디가 아픈가?

산타   마음이 아프네요.

죽음   뭐가 문제지? 자…… 말해 보시오.

산타   줄 것은 참 많은데, 아무도 받질 않아요.

죽음   나도 분배가 문제인데,
        다만 당신과 반대로군.

산타   반대라고요?

죽음   그렇소.

산타   무슨 말이죠?

죽음   내 말은, 나는 취할 것이 많은데, 아무도 내놓질 않는 거요.

80

산타	이상하네요.
죽음	이상하고말고. 하지만 이건 더 이상하군. 내가 당신을 도울 수 있다는 게.
산타	참 친절한…….
죽음	아니, 아니. 남을 돕는 자는 자신을 돕는 셈이지. 자, 당신의 문제를 내가 분석해도 된다면…….
산타	분석이라고요?
죽음	들어보시오. 당신은 사람들에게 나눠 주려는 거요……. 맞소?
산타	네.
죽음	그런데 사람들이 받으려 하지 않고?
산타	그렇죠.
죽음	이유가 뭐지?
산타	그러게요. 나도 궁금해요.
죽음	왜냐하면, 내 가련하고 무지한 친구여, 받을 수 없기 때문이지.
산타	받을 수 없다고요?
죽음	그렇소.
산타	하지만 공짜로 주는 선물을 받는 것보다 쉬운 일은 없는데요?
죽음	그건 진짜 세상 혹은 실제 세계의 이야기지. 가능하다면, 상상해 보시오. 세상이 너무 불확실해서 거기 사는 사람들이 모조리 부정밖에 모르는 멍청한 괴물이라면 어떨지. 너무나 소심한 나머지 음식에 목이 막힐까 봐 영영 굶어 죽기를 선택하는 세상.

너무 탐욕스러워 아무것도 아닌 것을 더 원할 뿐

무엇으로도 굶주림을 채우지 못하는 세상……

너무나 게을러 꿈조차 꾸지 못하는 세상,

너무나 눈이 멀어 추한 제 모습을 숭배하는 세상,

너무나 기만적이고, 너무나 하찮고, 너무나 시시해서

유령이 상대적으로 확실하게 느껴질 정도라면.

하지만…… 당신은 그런 세상을 상상할 수 없지.

산타　　그런 세상도 날 상상할 수 없듯이 말이죠.

죽음　　좋소. 그럼 당신이 주고 싶지만 줄 수 없는 것 말인데,

아무도 받으려 들지 않는 선물…… 그게 대체 뭐요?

산타　　　　　　　　　　　　　　　　　　　　나도

몰라요.

죽음　　나는 알지.

산타　　　　그런가요?

죽음　　　　　　그렇소. 이해지.

산타　　　　　　　　　이해라고요?

죽음　　　　　　　　　　　그렇소.

산타　　그걸 어떻게 알죠?

죽음　　당신이 "나도 몰라요"라고 대답할 때 말했소.

그리고 당신이 줄 게 있다고 했을 때 말했고.

이해가 유일한 선물이 아닌가?

그게 바로 당신이 처한 곤경이고.

우리가 사는 시대는 선물의 시대가 아니란 거.

지금은 세일즈맨의 시대거든, 친구여.

그런데 당신은 도저히 팔 수 없는

유일한 것을 잔뜩 짊어지고 있고.

산타   질문 하나 해도 될까요?

죽음   얼마든지.

산타   팔기 가장 쉬운 건 뭐죠?

죽음   지식이지.

산타   지식이라……

이해 없이 말인가요?

죽음   그렇소.

산타   그럴 리가.

죽음   그렇다니까.

산타   하지만 말도 안 되잖아요!

죽음   말도 안 되고…… 슬픈 일이지. 하지만 사실이오.

이 공허하고 이해 없는 세상에선

지식은 누구나 팔 수 있어. 모두가 지식을 원해서

그것을 얻기 위해서는 어떤 값이든 치르려 하지……. 과학

자가 되면 떼돈을 벌 거요.

산타   과학자……?

죽음   쉽게 풀어 말하면, 지식 판매원이랄까.

산타   내겐 지식이 없어요……, 이해뿐…….

죽음   이해는 잠시 치워두고,

(그는 산타클로스의 가면을 벗겨 청년의 얼굴을 드러낸다)

지식 말인데, 그건 염려 마시오.

(그는 자기 가면을 벗고 살점 없는 해골을 드러내고서 산타

클로스의 젊은 얼굴에 해골 가면을 덮는다)

사람들이 "과학"이라는 마법의 이름을 들으면

(산타클로스의 가면을 자기 해골 얼굴에 쓰고)

사람들에게 뭐든지 팔 수 있을 테니……. 이해만 빼고 말이오.

산타   네?

죽음   뭐든지 다.

산타   그럼 만일…….

죽음   조건은 없어!

산타   설마 사람들에게 존재하지 않는 것을 팔 수 있단 말은 아
니죠?

죽음   안 될 것도 없지? 사람들이 존재한다고 생각하는 건 아니
겠지?

산타   사람들이 존재하지 않아요?

죽음   사람들이?…… 존재하지 않는
셈이지!

사람들이 존재하면 좋겠어. 그렇다면

나도 지금처럼 뼈만 남지 않았을 테니까.

그렇지……, 이 "과학"이라는 장난질, 이 "지식"이라는 헛소
리에선 당신의 한계는 없어. 하지만 기억하시오.

뭐든 적게 존재할수록, 사람들은 그걸 더 원한다는 걸.

산타   존재하지 않는 건 아무것도 떠오르지 않는데……, 좀 도와
주세요.

죽음   바퀴 광산은 어떤가?

산타   바퀴 광산이요?

죽음   바퀴 광산은 확실히 존재하지 않는 것이고

이전에도 없었고, 이후에도 없을 것이지.

산타   바퀴 광산이란 건…… 완전 환상적인 존재잖아요!

죽음   "과학적"이란 걸 왜 "환상적"이라고 하지?

            …… 뭐, 난 산책을 하겠소. 안녕히, 과학자 양반!

2장

(죽음의 가면을 쓴 산타클로스가 군중에게 장광설을 늘어놓는다)

산타   집중! 집중! 집중! 나는 과학자입니다!

그걸 증명하기 위해, 신사 숙녀 여러분,

여러분이 알고 싶은 건 뭐든지 말씀드리겠습니다.

…… 자, 질문하세요. 뭐든지.

음성   선생님.

산타   네?

음성   백만 달러를 어떻게 벌죠?

산타   백만 달러…… 원하는 건 그게 전부인가요?

음성   뭐, 손에 넣기만 한다면 이백만 달러도 좋겠죠.

산타   천만이나 천이백만도 쓸 수 있습니까?

음성   천만이나 천이백만 달

러요?…… 당연하죠!

산타   농담하는군요.

음성   농담이라고요! 아니, 천

만이나 천이백만으로 할 수 없는 일은 아무도 모를 걸요.

산타   안다는데 겁니다.

음성   아, 그래요? 얼마나 걸 셈이죠?

산타　　　　일 달러 걸죠.

음성　　　　　　　　　　좋아요! 내가 뭘 할 수 없나요?

산타　　　　당신은 우량 바퀴 광산 우선주 지분에

단돈 오백 달러도 쓰지 않을 겁니다.

음성　　　　바퀴 광산요?

산타　　　　　　　　　설마 바퀴 광산을 모를 리는 없겠죠!

음성　　　　음, 글쎄요……

산타　　　　　　　　아마 바퀴가 뭔지도 모르겠군요.

음성　　　　　　　　　　　　　　　바퀴요?

산타　　　　세상을 돌아가게 하는 물건입니다.

음성　　　　그럼요. 바퀴는 알아요…… 뭐, 어디나 있으니까요.

산타　　　　그렇다고 할 수 있죠. 사람들의 머릿속에도 있고.

　　　　…… 그럼 광산이 뭔지는 압니까?

음성　　　　　　　　　　　　광산요?

뭐, 광산이란 땅에 구멍을 판 거죠.

산타　　　　　　　　　　　　그럼 일 더하기 일은 뭔지

알려줄 수 있습니까?

음성　　　　　　　　　일 더하기 일?

산타　　　　　　　　　　　　네.

음성　　　　　　　　　　　　이죠.

산타　　　　대단하군요! 와, 그 정도 두뇌라면

당신은 미국 대통령이 되어야 합니다.

　　　　…… 자, 잘 들으세요. 일 더하기 일은 이입니다.

그럼 바퀴 더하기 광산은 뭔가요?

음성　　　　　　　　　　바퀴 광산이죠.

산타	축하합니다! 모든 걸 아는군요…….
음성	하지만 사람들이 광산에서 바퀴를 파내지는 않죠.
산타	사람들은 안 그러죠!
음성	그럼 누가 파내죠?
산타	모르겠어요?
음성	과학인가요?
산타	이럴 수가! 당신은 아인슈타인 급이군요! 당신과 내기를 하다니 내가 어리석었어요. …… 자, 여기 우선주 증서를 받아요.
음성	오백 달러 받으세요…….
산타	오백? 잘 들어요. 당신이 여태 사기꾼만 상대했는지 몰라도, 난 과학자예요. 당신이 딴 일 달러를 받아요.
음성	고맙습니다, 선생님.
산타	천만에요……. 또 누구 없나요?
여러 음성	저요! 저도요! 저도 줘요!
산타	…… 잠시만. 여러분, 과학은 그 누구도 편애하거나 무시하지 않을 겁니다. 기억해요. 과학은 하나의 개인에 불과하지 않아요. 따지고 보면, 개인이란 인간 존재일 뿐이죠. 그리고 인간은 부패할 수 있어요. (당신도 분명 알겠지만) 오류는 인간의 본성이니까요. 생각…… 생각만 해 봐요! 숱한 세월 동안 이 세상은 인간이 지배했죠!

생각해 봐요. 얼마 전까지만 해도

우리 사이에서 개인을 찾을 수 있었어요!

오, 암흑의 시대여! 여러분, 참 어두운 시절이었죠!

하지만 이제 그 악한 어둠은 빛으로 변합니다.

과학의 불꽃이 멀리 드넓게 비춥니다.

공정하고 전능한 과학의

초인적인 빛 앞에서

모든 어둡고 비과학적인 본능은 사라집니다.

생각…… 생각만 해 봐요! 마침내 인간이라는 괴물이

추악한 본성에서 자유로워집니다!

…… 인간은 인간일 뿐, 그 이상이 되지 못하는 동안

평등은 무엇이었습니까? 그저 말. 그저 꿈이었죠.

인간은 결코 평등할 수 없었습니다…… 왜냐?

평등은 당신 같은 초인의 자질이니까요.

당신과 당신, 그리고 당신 같은. 그러므로

(초인 신사 숙녀 여러분)

여러분의 초인적인 음성이 "주세요" 외치면

과학은 그 전능을 발휘해

"모두에게 바퀴 광산 주식이 충분히 있으라"고 응답합니다.

음성   앗싸! 과학 만세! 바퀴 광산 최고!

3장

(산타클로스의 가면을 쓴 죽음이 거닌다. 무대 밖에서 성난
음성이 들린다)

죽음   이제야 만났군!
          (죽음의 가면을 쓴 산타클로스가 달려 들어온다)
                    …… 어이, 안녕하시오. 뭐가 그렇게 바쁘지?

산타   도와줘요……. 제발……. 어서……. 쫓기고 있어요…….

죽음   쫓긴다고?

산타   날 쫓고 있어요! 지금 온다고요!

죽음   누가?

산타   전부 다요!

죽음   이유는?

산타   사고로……

죽음   사고?

산타   광산의 광부들에게……

죽음   광부?

산타   바퀴 광부요!

죽음   실성이라도 한 건가?

산타   모르겠어요……. 알려줄 수 있나요?

죽음   뭘 알려달라는 거지?

산타	바퀴 광산이 존재하나요? 안 하나요?
죽음	바퀴 광산?
산타	네.
죽음	헛소리 마시오.
산타	존재하지 않는다는 말인가요?
죽음	존재? 당연히 안 하지!
산타	다시 말해, 바퀴 광산이란 없다는 말이군요, 그렇죠?
죽음	그렇지.
산타	아, 그럼 좀 알려줘요.

그게 어떻게 사람들을 상하게 하고, 불구로 만들고,

괴물로 만들 수 있는지.

당장……. 대답 좀!

죽음	친구여, 잊은 게 있군.

즉, 사람들이, 바퀴 광산처럼, 존재하지 않는다는 걸.

이중부정은 긍정이 되지.

이제 내가 분석해도 된다면…….

산타	죽고 싶어요?
죽음	내가 죽는다고? 하-하-하-하! 죽음이 어떻게 죽을 수 있지?
산타	…… 죽음이라고요?
죽음	몰랐나?
산타	미치겠네. 당신, 말해 봐요.

당신이 죽음이든, 악마든, 대답해요.

존재하지 않는 사람들에게

일어나지 않은 사고로 인해 생긴

	손해에 내가 책임이 없다는 걸 어떻게 증명할지?
죽음	못하지.
산타	아니……. 그럼 난 어쩌라고요?
죽음	어쩌다니?
	뭐, 친애하는 동료여, 내가 보기에는
	당신이 존재하지 않는다는 사실을 증명할 필요는 없어.
산타	말도 안 되는 소리잖아요!
죽음	…… 그리고 슬프지만, 사실이지.
	그러니 간략하게 끝내, 산타클로스 씨!
	(퇴장. 반대편에서 성난 군중이 입장한다. 어린 소녀가 따라 들어온다)
여러 음성	저기 있다! 잡아라! 이 봐요, 과학자 선생
	…… 이 일로 교수형을 당할 거요!
산타	무슨 말이죠?
음성	무슨 말인지 알잖아!
산타	아니, 내가 누구라고 생각하죠?
다른 음성	생각? 우린 생각하지 않아, 알지! 당신은 과학이잖아!
산타	과학?
다른 음성	과학……, 우리한테 바퀴 광산 주식을 판 협잡꾼!
다른 음성	과학……, 사람을 산 채로 파묻은 짐승!
산타	…… 그만!
	신사 숙녀 여러분, 이건 모두 착오입니다.
	나는 과학이 아닙니다. 바퀴 광산은 존재하지 않고,
	사람들을 산 채로 묻는다는 말은…… 터무니없는 소리입니다.

여러 음성	당신은 과학이야! 과학을 타도하라!
산타	⋯⋯ 잠깐만요!

신사 숙녀 여러분. 여러분이 모두

사기꾼에게 기만당했다면⋯⋯ 나도 마찬가지입니다.

여러분이 속아서 망했다면⋯⋯ 나도 마찬가지라고요.

모든 사람이 다 그렇다고 봅니다.

나는 그렇게 말하고, 여러분은 그 사실을 마음으로 느끼죠.

우리 모두는 더 이상 기쁘지도 온전하지도 않고,

우리 모두는 죽음에 영혼을 팔았고,

우리 모두는 병든 것의 병든 일부가 됐고,

우리 모두는 살아 있는 정직을 잃어서,

우리 모두는 더 이상 우리 자신이 아닙니다.

⋯⋯ 이제 누가 진실과 거짓을 구별할 수 있습니까?

나는 그렇게 말하고, 여러분은 그 사실을 마음으로 느끼죠.

이 크고도 작은 세상에 그 누구도 구별하지 못한다는 걸.

⋯⋯ 우리 현자들이 어떻게 삶의 표식을 놓치고,

가장 능숙한 선수들이 경기에서 패배할까요?

여러분의 마음이 알려줄 겁니다. 내 마음이 알려 줬듯이.

모두가 알지만, 아무도 이해하지 못하니까요.

⋯⋯ 오, 우리는 모두 잘 알고 있습니다.

우리에게 이해가 텅, 텅 비었다는 것을.

하지만 그 공허에 대고 맹세합니다.

(신사 숙녀 여러분, 내가 만약 거짓말을 한다면

하늘보다 좀 더 높이 매달아 교수형에 처하세요)

모든 인간은 그릇될 수 있음을.

	…… 이제 나는 저기, 노란 머리칼에 파란 눈을 한 어린 소녀의 평결에 따르겠습니다.
	저 소녀에게 내가 어떤 사람인지 묻겠습니다. 그리고 그 대답이 무엇이든지, 나는 그런 사람입니다. 그러면 공정할까요?
여러 음성	좋다! 좋고말고! 안 될 것도 없지! 좋아! 멋진 아이디어다!
	저 아이가 그가 누군지 정할 것이다!
	모두가 알고 있으니까!
산타	…… 조용히! (아이에게) 겁내지 마.
	내가 누구니?
아이	산타클로스예요.
여러 음성	…… 산타클로스?
합창	하-하-하-하……. 산타클로스 따윈 없어!
산타	그럼, 신사 숙녀 여러분, 나는 존재하지 않습니다.
	그리고 존재하지 않으므로, 나는 죄가 없습니다.
	그리고 죄가 없으므로, 나는 결백합니다.
	…… 안녕히! 그리고, 다음에는 돌다리도 두드려 보고 건너도록.
	(퇴장. 군중이 서서히, 중얼거리며 흩어진다)

4장

(죽음의 가면을 쓴 산타클로스가 어슬렁거린다)

산타   아름다운 아이였어…… 내게 확신만 있다면…….

            (죽음이 산타클로스 가면을 쓰고 등장)

            어, 안녕하세요!

죽음   오, 안녕하신가. 좋아졌군.

산타   좋아져요? 그러면 안 되나요?

죽음   내 조언이 효과가 있었다는 뜻

인가?

산타   죽음이여, 당신이 날 살렸습니다!

죽음   그런 말은 삼가주길.

산타   그럴

게요!

죽음   음, 친구여,

이제 부탁을 하나 할 거요.

산타   말만 하세요!

죽음   저쪽 거리에 사는

멋진 아가씨와 만나기로 했는데

그 여자는 어쩐지 통통한 친구들을 좋아할 것 같아.

당신의 지방을 내게 주고 내 뼈대를 가져가겠소?

산타	얼마든지 그러죠, 친구여.
	그리고 행운을 위해 바퀴 광산도 드릴게요!
죽음	바퀴 광산은 됐소, 고맙소.
	(둘은 의상을 벗는다)
산타	참 아름다운 아이였어.
죽음	…… 아이?
산타	내가……
죽음	옛날 생각을 했나?
	뭐, 아이가 당신 전문 분야이긴 했지.
산타	난 아이들을 사랑해요.
	예전에도 아이들을 사랑했고, 앞으로도 늘 사랑할 거예요.
	(그들은 의상을 바꿔 입고 서로의 모습을 한다)
죽음	De gustibus non disputandum est.
	('이 이야기는 취향에 관한 것이 아니다')
	아니, 쉬운 미국어로 말하면, 난 여자가 더 좋소.
산타	여자를 사랑한 적이 있어요?
죽음	실례지만,
	"사랑"이라고 했소?
산타	"사랑"이라고 했죠.
죽음	없소. 당신은?
산타	한 번 있어요.
죽음	뭐, 실수는 누구나 하는 법이니
	…… 나중에 봅시다. 잘 가시오, 죽음 선생!
	(죽음이 산타클로스의 모습으로 배가 툭 튀어나온 채 뒤뚱 거리며 퇴장. 반대쪽에서 아이가 살금살금 등장)

아이	안녕하세요.
산타	…… 아이고, 안녕!
아이	절 기억하세요?
산타	기억하고말고.
아이	모습이 달라졌네요.
산타	그렇지.

달라졌단다.

아이	훨씬 말랐어요.
산타	이게 좋니?
아이	네…… 전 어떤 모습이라도 좋아요…… 당신이 당신이라면.
산타	그 말이 굉장히 기쁜 것 같구나.
아이	하지만 제 생각엔……
산타	무슨 생각을 하지?
아이	당신은 더 행복해질 수 있을 것 같아요.

그렇죠?

산타	아마 그럴 것 같구나.
아이	…… 누굴 찾고 있으니까요?
산타	그렇단다.
아이	저도 찾는 사람이 있어요.
산타	아주 아름다운 사람이니?
아이	아, 네.

굉장히 아름다운 여자예요. 굉장히 슬프고.

산타	굉장히 아름답고 굉장히 슬픈 사람.

말해 보렴. 널 잃어서 슬픈 사람이니?

아이	우리가 서로를……, 그리고 또 다른 사람을 잃었기 때문이

에요.

(무대 밖 멀리서 혼란스러운 목소리)

안녕히 계세요…….

산타   왜 가니?

아이   겁내지 마세요.

우린 그 여자를 찾을 거예요.

산타   나는 하늘과 땅과

그 어떤 곳과 모든 것과 아무 곳도

두려워할 것 없단다.

한 가지만 확신한다면 말이야.

아이   그게 뭔가요?

산타   또 다른 사람은 누구였지?

아이   우리가 잃은 그 사람

말인가요?

산타   응.

아이   모르시겠어요?

산타   내가 알 수 있니?

아이   당신이에요.

(아이가 춤을 추며 퇴장한다)

5장

(여자, 울며 등장)

여자   지식이 세상에서 사랑을 앗아가서
온 세상이 텅텅 비었다.
온 세상의 사람이 이젠 사람이 아니다.
사랑할 줄 모르는 남자는 남자가 아니고,
사랑하는 여자만이 여자일 수 있으니까.
그리고 오직 그들의 사랑에서 기쁨이 태어나니까…… 기쁨이!
지식이 세상에서 사랑을 앗아가서
온 세상에 기쁨이 하나도 하나도 하나도 없다.
오라, 죽음이여! 나는 기쁨을 잃었고 내
사랑을 잃었고 내 자신을 잃었으니.
(죽음의 모습을 한 산타클로스 등장)
날 원했죠. 이제 날 데려가요.

산타   이제부터 영원히.

여자   죽는다는 건 참 행운이구나. 이제
그 사람 목소리가 다시 들리니.

여러 음성   (무대 밖에서)   죽었다! 죽었다!

여자   세상이 이보다 더 공허할 수 있을까?
(무대 밖에서 소란. 여자가 움츠린다)

산타	두려워하지 말아요.
여자	오, 내 목숨보다 사랑한 그 사람의 음성,
	나를 저 죽지도 못하는 생명의 상실로부터 지켜주길……
	(군중이 줄지어 비틀거리고 날뛰며 등장. 맨 뒤의 한 명이
	장대를 들고 있는데, 산타클로스의 모습을 한 죽음의 시체
	가 이리저리 흔들리며 매달려 있다)
합창	죽었다. 죽었다. 죽었다. 죽었다.
여러 음성	만세! 그렇지, 죽었다. 죽었어, 죽었다고. 만세!
	과학이 죽었다! 죽었어. 과학이 죽었어!
음성	다시는 바퀴 광산을 팔지 못할 것이다……, 다시는!
여러 음성	죽었다! 만세! 죽었어! 만세! 죽었다!
음성	더럽고 비열하고 냄새나는 개새끼.
합창	만세 만세 만세 만세 만세!
한 음성	그 작자가 우리를 한 번 속였는데, 한 번이면 충분했어!
다른 음성	어이, 그 작자가 우릴 속인 적은 없어. 그 어린애였지.
	(여자가 깜짝 놀란다)
다른 음성	맞아, 하지만 두 번째는……, 그건 좋았어!
다른 음성	나도 그렇게 생각해!
다른 음성	그 애가 그를 보던 표정 봤나?
다른 음성	그 애가 "저 사람은 산타클로스가 아니야"라고 한 말 들었어?
	(여자가 돌아서서 매달린 모형을 보고…… 진짜 산타클로
	스를 피해 움츠린다)
합창	하-하-하-하……, 산타클로스란 없어!
	(군중이 비틀거리고 날뛰며, 야유하고 휘파람을 불고 꽥꽥
	거리며 퇴장)

여자	그렇군요, 세상은 더욱 공허해질 수 있어요.
산타	지금도.
여자	앞으로도.

나는 사랑을 기억했어요……. 그런데 난 누구죠?

죽음이여, 고마워요. 사랑이 날 기억하게 해 줘서.

(춤추는 아이 등장. 여자를 보더니 품으로 달려온다)

여자	기쁨…… 그래! 내 (그래, 오, 그렇고말고) 내 생명 내 사랑
	내 영혼 내 자신……. 죽음, 네 것이 아니야!
산타	(가면을 벗으며)　　　　　　　　　　　아니죠.
여자	(산타클로스에게 무릎을 꿇으며)　　　　　우리 것
	이죠.

Bram Stoker

지빗 힐

작가 미상, *Bram Stoker*, 1906년경.

Drawn & Etched by J.M.W. Turner, R.A. P.P.

HIND H
On the Po
Published Jan.ʸ 1.1811.

HILL.

oad

Queen Ann Street West.

Engraved by Dunkarton

터너의 「리베르 스투디오룸」[1]을 통해 불멸이 된 데블스 펀치볼과 지빗 힐을 방문하기 위해 힌드 헤드 꼭대기에 있는 로열 허츠 여관을 나선 나는 넓고 곧게 뻗은 도로—런던과 포츠머스를 잇는 새로 지어진 간선도로—를 따라 걸었고, 이내 데블스 펀치볼의 가장자리가 시야에 들어오자 그 아름다운 풍광을 눈에 담았다. 런던을 떠난 시월 중순 아침, 짙게 드리워진 안개는 저 멀리 헤이즐미어까지 퍼져 골짜기마다 걸려 있어 서리 힐스(Surrey Hills)의 봉우리들이 옅은 안개 바다 속 섬들처럼 솟아 있었고, 그 산자락을 찬연히 비추는 눈부신 햇살은 나와 남부해안 사이 저 아래 드넓게 펼쳐진 언덕과 계곡을 부드럽고 은은하게 녹이고 있었다.[2] 언덕은 둥근 골짜기가 평야로 이어지는 북서쪽을 제외하고는 모든 면이 가팔랐다. 여름 빛깔은 누그러졌고, 부드러워졌다. 햇살로 찬란히 빛났던 채도 높은 색깔들은 메마른 가을빛으로 바래 있었다. 헤더의 분홍과 보랏빛은 따스한 분위기를 자아내는 단색의 누런 갈색으로 변해 있었다. 고사리는 깊은 황갈색과 빛바랜 노란색을 띠었고,

풀밭과 들꽃은 저물어가는 빛의 겨울옷을 입고 있었다. 이토록 무르익은 가을 색 사이사이, 아직 서리를 맞지 않은 금작화만이 에메랄드빛 자태를 뽐내고 있었다. 계곡으로 흘러들어가는 작은 개울을 둘러싼 초록색 관목들은 비현실적이리만치 생생했고, 서쪽 비탈을 뒤덮고 계곡으로 쏟아지는 송림의 짙푸른 빛은 온갖 영향에도 불구하고 자연은 본연의 색을 지킬 권리가 있음을 적극 주장하는 듯했다. 언덕의 능선과 어깨 부분을 지나, 북쪽과 서쪽으로, 숲과 골짜기, 잡목림과 마을, 언덕과 산마루가 끝없이 펼쳐졌다. 나는 자연미의 힘과 웅장함과 정화의 위력을 이 절경 속에서 온몸으로 만끽하고도 한참이 지나고서야 발을 뗄 수 있었다. "적어도 이곳에서만큼은," 나는 중얼거렸다. "인간의 영혼이 고상해지는 느낌이네. 자연의 솜씨가 발휘된 이 고지에서 우리의 마음속 악이 진정되는구나."

하지만 뒤를 돌아보는 순간 나는 놀랄 수밖에 없었다. 마치 운명의 아이러

SAILORS STONE.

니인 양, 인간의 사악함과 피에 대한 욕망을 보여주는 한 암울한 기념비가 있었기 때문이다. 한 세기 전 비운의 선원이 포츠머스에서 길을 걷다가 살해당한 장소를 표시해 놓은 도로변의 묘비였다.

  하지만 묘비만이 내 관심을 끈 건 아니었다. 그 옆에는 어디서든 주목 받았을 세 사람이 있었으니까. 고작 아이들이었지만, 평범한 아이들은 아니었다. 두 인도 소녀는 발육이 더딘 영국 소녀 기준으로는 열셋이나 열넷 정도 됐겠지만, 동양 사람이니 훨씬 더 어렸을 것이다. 그들은 마치 문장(紋章)의 방패잡이[3]인 양 묘비 양옆에 서서 가느다란 갈색 손을 묘비의 모서리에 얹고 한 손으로 얼굴을 받친 채, 길고, 어둡고, 헤아릴 길 없는 눈길로 나를 심각하게 바라보고 있었다. 둘 다 꽤 예쁘장한 편이었고, 그들의 소녀 같은 날씬한 몸매에는 반짝이는 까만색 재질의 무언가가 걸쳐져 있었으며, 허리에는 반쯤 동양 패션 스타일로 만들어진 넓은 벨트를 차고 있었고, 머리에는

121

어두운 재질로 만들어진 무언가를 둘러 머리 장신구로 사용하고 있었다. 세 번째 아이는 열 살 남짓 되어 보이는 소년으로, 금발의 머리카락과 푸른 도자기 같은 눈동자를 가지고 있었고, 장밋빛 얼굴에는 승리의 미소를 띠고 있었다. 누군가는 그를 무심코 큐피드나 천사라고 칭할 법했다. 그는 진한 핏빛의 튜닉을 입고 있었다.

내가 서서 그들을 살펴보는 몇 초 동안, 그들은 미동도 않고 꼿꼿이 나를 바라보고 있었다. 나는 아름다운 경치를 언급하며 그들에게 말을 걸었다. 소녀 중 하나가 손으로 묘비를 두드리며 말했다.

"아저씨, 이 묘비에 대해 말씀해주실 수 있나요? 저희는 여기 사람이 아니에요."

"그건 나도 마찬가지란다. 하지만 이게 뭔지는 여기서 찾을 수 있겠구나." 나는 묘비 양면에 새겨진 비문을 살펴보며 답했다. 내가 살인이라는 단어를 읽자 세 아이 모두 서로를 쳐다본 뒤 나를 돌아보았고, 그 후 몸을 떨었는데, 이상한 얘기지만, 몸을 떤 후 미소를 짓기에, 나는 아이들이 무서워할지도 모른다는 생각에 서둘러 말을 이었다. "하지만 너무 두려워하지 말렴. 다 백년 전에 일어난 일이고, 그 당시 우리나라는 지금과는 매우 달랐지." 그러자 소녀 중 하나가 어딘가 가시 박힌 어조로 나지막이 말했다.

"그렇지 않길 바라요. 그렇지 않다고 믿겠어요." 그러자 소년은 나를 보더니 웃음을 터뜨리며 말했다.

"만약 지금 살인사건이 일어났다면 누군가는 지빗 힐 위에 갇혀 있겠죠!"

"안녕! 꼬마야." 내가 말했다. "보아하니 다 아는 것 같구나. 나는 언덕 꼭대기의 기념 십자가를 보러 갈 거란다. 살인자를 어디에 가뒀는지 나랑 같이 보러 가지 않을래?"

"물론이죠." 그는 내 초대에 응한다는 뜻으로 자못 초자연적 중력이 일듯 모자를 들어 올리며 답했다. 소녀들도 목례를 했고, 우리 모두는 언덕을 함

께 올랐다. 오르는 길에 소년이 주먹을 꽉 쥐고 있는 것을 보았다. "손에 뭘 쥐고 있는 거니?" 나는 소년에게 물었다.

"이거요!" 소년은 손을 펼치면서, 구겨져 있다가 갑작스러운 해방감에 꿈틀거리는 큰 지렁이 몇 마리를 내게 보여주며 말했다. "저는 지렁이를 좋아해요", 라며 그가 말을 이어갔다. "이것 봐! 꿈틀거리고, 이렇게 길게 펼칠 수도 있어요!" 그는 마지막 말을 손수 보여줬다.

"불쌍한 지렁이들이구나!" 내가 말했다. "그냥 놓아주는 게 어떻겠니? 개네들은 땅에서 지내는 걸 훨씬 좋아할 것 같은데."

그는 "안돼요" 라고만 답하면서, 튜닉의 주름 사이로 지렁이들을 쑤셔 넣었다.

우리가 지빗 힐 정상에 올랐을 때 십자가 근처에 사람들이 많았고, 게다가 널린 달걀껍질과 신문지 조각에서 최근 방문객들의 흔적이 역력했다. 십자가는 모두가 소풍을 즐기는 장소였던 것이다. 낯선 이들 중 내 관심을 가장 많이 끌었던 이는 내가 '신혼부부'라고 이름 붙인 한 쌍의 남녀였다. 나는 내 앞에 펼쳐진 아름다운 경관—푸른 숲과 비옥한 골짜기로 뒤덮인 경사진 언덕의 야생—에 빠진 나머지 내 어린 동행자들을 잊고 말았다. 나는 가파른 언덕 가장자리로 가서 동쪽을 바라보고 앉았고, 그 아름다운 풍경에 넋을 잃었다.

그러다가 내 어린 동행자들을 기억하고는 두리번거리며 그들을 찾았다. 하지만 그들은 온데간데없었고, 주변 어디에서도 보이지 않았다.

그날 이른 시간에 런던을 나선 데다, 타는 듯 따가운 시월 햇살 아래 헤이즐미어에서부터 걸어오느라 조금 지친 상태였던 나는 잠시 후 헤드 정상을 다 돌아본 뒤에는, 말하자면 사방의 경관을 다 담아낸 뒤에는, 둘레에 큰 소나무들이 솟은, 개암나무와 너도밤나무가 우거진 깊고 그늘진 수풀로 발길을 옮겼다. 계곡을 타고 오르며 언덕 비탈마다 들쑥날쑥한 녹음의 뾰족함을 던지고 있는 그런 빽빽한 잡목림들 중 하나였다. 이곳은 가히 풍성한 가을 정취의 압권이었다. 덤불은 빼곡한 소나무 보호막 밑에서 무성하게 자라 있었다. 소나무 껍질의 갈색과 솔잎의 푸른빛 사이로 보이는 한 줄기 어둑한 통로, 나무들이 내뿜는 달달하고 향긋한 내음, 자연의 무궁무진한 생명의 진동 소리만이 창창한 나른한 적막, 이 우거진 작은 골짜기 속 아직도 여름의 푸름을 간직하고 있는 부드럽고 풍성한 풀밭, 모든 것이 수면으로의 초대였다. 더없이 행복한 만족감에 빠진 나는 풀밭 위에 몸을 뻗었고, 이내 내 위의 얼기설기 얽혀 있는 나뭇가지 사이에서 내 생각과 의식을 잃었다.

얼마나 잤는지 모르겠다. 하지만 맑아진 뇌와 오랜 시간 같은 자세로 있어 뭉친 근육에서 오는 약간 뻐근한 감각을 보아하니 시간이 꽤나 흐른 것 같았다. 거기에 시간이 흘렀을 때 오는 기이한 감각, 우리의 사고는 어떤 형태로든 이어진다는 것을 철학자들에게 알려주는 그런 감각도 있었다. 하지만 깜빡한 의무감이나 다가올 업무에 대한 압박은 없었다. 깨어났을 때의 개운함을 망가트리는 것들이 그것이다. 나는 내게 아직 충분한 시간이 있고, 내 멋대로 생각에 잠기거나 마음껏 해방감을 누리면서, 이 멋진 공간에서 상쾌하고 신선한 공기를 맛볼 수 있음을 잘 알고 있었다.

그래서 나는 움직이지 않은 채, 등을 대고 누워 두 손을 머리 밑에 받치고 나뭇가지들을 올려다보았고, 잎과 가지 장식 속으로 비집고 들어오는 반짝이는 빛줄기들을 바라보았다. 습관적으로 바쁜 사람의 낙이랄까, 나는 지극히 호사스러운 비몽사몽의 상태로 많은 것들을 생각했다. 일반적인 생각과 특정한 생각 사이를 왔다 갔다 하면서, 사유의 실마리를 들었다 놓았다 하면서, 지적 분방함(laissez-aller)이 여러모로 가장 큰 즐거움임을 자각하면서.

처음 나를 잠에 빠져들게 했던 온갖 소리의 희미한 진동이 공기 중에 느껴졌다. 하지만 음량은 전보다 커진 느낌이었다. 귀에 더 꽉 차고 만족스러웠고, 특이한 점이 있다면, 자연 전체가 말을 하는 것이 아닌, 무수한 소리들 중

한 가닥 소리만이 더 강력하게 들리는 것이었다. 점점 흥미로워진 나는 귀를 기울였고, 그 소리는 자연의 화음 속에서 더 선명한 윤곽을 드러냈다. 그 소리는 그저 세기가 커진 것만이 아니라, 마치 파도가 쌓이듯, 먼저 밀려온 소리가 잠잠해지기 전, 다른 진동이 밀려오는 것 같았다.

다른 소리들은 점점 사그라들었고, 이제 그 소리 하나밖에 들리지 않았다. 소리가 점점 가까워질수록 더 또렷이 들리기 시작했고, 나는 곧 그 소리의 근원이 나와 불과 몇 십 미터밖에 떨어져 있지 않다는 결론에 이르렀다. 이제는 조금씩 분석도 할 수 있게 되었다. 전체적인 느낌은 음악적 기질을 녹인 듯한 메추라기뜸부기 — 속삭이는 메추라기뜸부기 — 같았고, 옅게 깔린 완연한 달콤함은 자못 저항할 수 없을 정도의 매력이었다. 나는 누워 있던 고사리 숲에서 고개를 들고, 소리가 나는 방향으로 시선을 돌렸다.

놀랍게도, 나무 사이로 빛이 쏟아지는 한 개활지에 아까 보았던 아이들이 모여 있었다. 두 소녀는 앉아 있었고, 그 사이에 소년이 서 있었다. 한 소녀는 왼손에 밀짚보다 약간 두꺼운 줄기로 만든 팬파이프 세트같이 생긴 것을 들고 있었다. 오른쪽 손가락에 달린 무언가로 파이프를 치자, 희한한 메추라기뜸부기 소리의 베이스음이 났다. 다른 소녀는 현(絃)이 달린 조개껍질을 들고 있었고, 그 줄을 가볍게 튕겼다. 소년은 갈대피리 비슷한 걸 갖고 있었고, 전체 음악에 조화롭게 섞이면서도 유난히 길고 감미로운 선율이었다. 그러자 소녀들은 뭔가 단조로우면서도 이상하게 감미로운, 그러나 들릴 듯 말 듯한 주문을 외면서 소년과 합류했다. 세 아이들 모두 내 쪽을 바라보고 있었다. 얼마 후 소녀들이 일어섰다. 다들 몸을 살짝 틀고, 마치 주변을 두루 살피듯 아주 천천히 온전히 한 바퀴를 돌고 있는 것이 보였다. 이 광경에 사로잡힌 나는, 그들이 내 방향을 쳐다보는 순간 그들이 나를 보지 못하도록 고사리 덤불 속으로 다시 철퍼덕 주저앉았다. 그럼에도 나는 길게 갈라진 고사리 잎 사이로 무슨 일이 벌어지고 있는지 조심스레 엿보려고 했다. 그러다가 내 집중력은 순식간에 분산되었고, 이는 썩 즐거운 과정은 아니었다.

내 옆의 낙엽더미에서 꿈틀거리고 바스락대는 소리에 주위를 살피다가 화들짝 몸을 튕겼다. 바로 지척에 스멀스멀 다가오는 뱀도마뱀 종(種)⁴의 커다란 뱀 한 마리가 있었기 때문이다. 그놈은 나를 향해 직진하더니 내 발을 타고 넘었다. 나는 꿈쩍하지 않았고, 뱀은 내가 그저 통나무였던 양 아무 신경도 쓰지 않고 햇살 속 빈터의 무리를 향해 꿈틀거리며 나아갔다. 뱀은 분명 괴상하고 기이한 음악에 이끌렸고, 나도 뱀 부리기⁵는 처음 본 탓에 관심이 커지면서 이 무리를 전보다 더 주시하기 시작했다. 그들은 음악을 이어갔고, 뱀은 점점 더 가까이 다가갔고, 마침내 금발 소년의 발치에 멈추더니, 똬리를 틀면서 머리를 치켜들고 쉬익 소리를 내기 시작했다. 소년은 아래를 내려다보았고, 소녀들은 소년에게 눈을 돌렸지만, 음악은 잠시도 멈추지 않았고, 오히려 더 빨라지기 시작했다. 그러자 뱀이 아이의 발목을 휘감으며 그의 몸통을 타고 오르기 시작했고, 그의 다리와 허벅지를 꿈틀꿈틀 돌아 마침내 피리를 잡고 있는 팔에 이르렀다.

그 순간, 불쑥, 음악이 멈췄다. 두 소녀가 일어났고, 소년은 손바닥을 위로 향해 활짝 펼친 채, 뱀이 휘감은 자신의 팔을 쭉 뻗었다. 뱀은 마치 돌로 변한 듯 꼼짝 않고 가만히 있었다. 그러자 소녀들은 손을 잡고, 방금 전과 비슷한, 낮은, 속삭이는, 신비로운 주문을 외며—앞의 것이 크레셴도였다면 이번에는 데크레셴도에 단조였다—천천히 소년의 주위를 돌았다. 이 행위가 족히 2~3분쯤 지속됐다. 소년은 팔을 뻗은 채, 또 그의 파란 눈을 뱀에 고정한 채, 꼼짝 않고 가만히 있었다. 뱀은 고개를 살짝 들더니, 돌고 있는 소녀들의 움직임을 고갯짓으로 따라가는 듯했다. 소녀들은 그들의 느릿느릿한 움직임을 빙글빙글 이어갔고, 뱀의 움직임은 한 바퀴를 돌 때마다 더 뚜렷해지다가, 이제는 폭죽의 연쇄폭발처럼 소년의 팔을 과감하게 휘감고 있었다. 차츰 소녀들의 동작이 느려지면서 그에 따라 뱀의 동작도 줄어들었고, 소녀들의 움직임과 결코 멈추지 않았던 저음의 음악도 다 잦아들자, 이제 뱀은 한 가닥 줄처럼 늘어진 죽은 덩어리 형태로 소년의 손에 매달려 있었다. 소년은 꼼짝하지 않은 반면 소녀들은 잡고 있던 손을 놓더니 그중 한 소녀가 소년 앞에 서서 뱀의 머리와 꼬리를 쥐고 부드럽게 당기는 듯했다. 소녀가 손을 풀자 뱀은 나뭇조각처럼 뻣뻣하게 소년의 손에 걸려 있었다. 나는 어딘가 묘한 면이 있다고 느꼈는데, 그건 내가 언젠가 한 번 본 적 있는 강직성 발작 상태의 남자가 생각나서였고, 당시 그의 몸은 한없이 기괴하고 불편하고 억지스런 자세였음에도 불구하고 그 자세를 고스란히 유지하고 있었다. 뱀도 그 비슷한 상태에 놓인 듯했고, 나는 이상한 호기심과 함께 이 상황이 어떻게 전개될지 기다렸다. 소년은 여전히 무표정하게 계속 손을 뻗고 있었고, 뱀은 그대로 그 위에 걸쳐 있었다. 소녀들은 소년의 조금 앞쪽 양옆에 서 있었고, 소년의 뻗은 손은 말하자면 두 소녀 사이의 중간에 있었다.

  짐작컨대 그들은 인도어인 듯한 언어로 서로 질문을 던지기 시작했고, 물론 나는 그 말을 알아들을 수 없었다. 두 목소리 모두 감미롭고 특유의 예리함이 있었지만, 그중 한 목소리는 더욱 감미롭고 부드러웠음에도 불구하고 본능적으로 두려웠다. 문득 든 생각이지만, 왠지 살인을 암시하는 것 같았다. 목소리의 억양과 어조를 보아하니 의사표현은 모두 질문의 형식을 취한 것 같았다. 그 뻣뻣한 뱀이 답을 해준 것으로 보아, 이상한 방식이긴 하지만, 내 추측은 옳았던 것으로 증명됐다. 소녀들이 돌아가며 할 말을 하자―그들의 어조에서 긍정적인 내용인지 부정적인 내용인지 알 수 있었다―뱀은 나침반 바늘처럼 천천히 돌면서 머리를 이쪽저쪽으로 향했다. 보다 감미로운 목소리는 물음이 긍정적인 내용인 듯했고, 다른 목소리는 부정적인 듯했다. 뱀은 앞선 모든 질문에 천천히 머리를 돌린 뒤 끝내 부정적인 목소리 쪽에 머리를 두었다. 그게 긍정적인 질문자를 처음에는 불편하게, 이어 짜증나게 만든 것 같았고, 이어 그녀의 목소리가 더없이 감미롭고 날카로워지면서 내가

다 떨릴 정도였다. 그녀의 눈이 어둡고 위태로운 빛으로 반짝이는 것으로 보아 그녀는 더욱더 분노에 찬 듯했고, 마침내 그녀가 날카롭고 떨리는 속삭임으로 질문을 던졌다. 그에 응답하듯 뱀은 더 빨리빨리 몸을 감았고, 다른 소녀 앞에서 갑자기 멈췄다.

실망한 소녀는 개가 울부짖듯 사납고, 짧고, 날카로운 소리를 냈고, 그와 동시에 그녀의 얼굴에 치명적인 악의가 번쩍였다. 스르르 사라지더니, 다시금 고요해졌다. 그 순간 뱀의 강직이 무너지면서 방금 전처럼 축 늘어진 채 걸려 있다가 땅바닥으로 떨어졌고, 그 상태로 덩어리째 죽은 듯 아무 움직임이 없었다. 소년은 잠에서 깨어나는 것처럼 깔깔 웃기 시작했다. 소녀들도 함께 깔깔대며 웃기 시작했고, 그 순간, 지금껏 이상해보이던 그 공터가 갑자기 웃음으로 채워졌고, 아이들은 숲속에서 서로를 쫓더니 시야에서 사라졌다.

나는 누워 있던 고사리 숲에서 일어났다. 내 눈을 믿을 수 없었다. 나는 내가 잠을 자고 있었고, 이 모든 게 꿈이라고 생각했다. 그런데 내가 본 게 사실이라는 것을 증명하듯, 죽은 듯 보이는 뱀이 내 앞에 떡하니 누워 있었다.

힌드 헤드의 위틀리(Witley) 쪽 오솔길과 덤불 산책을 마치고 다시 지빗 힐의 정상에 올랐을 때 해는 이미 저만치 서쪽 하늘로 지고 있었다.

이제 그곳은 썰렁했다. 소풍객들은 모두 집으로 돌아갔다. 조랑말 마차와 당나귀와 초등학생 무리도 사라졌고, 수북이 쌓인 오래된 신문과 부스러진 달걀껍질 외에는 그날의 방문객의 흔적을 찾을 수 없었다. 날이 저물면서 공기가 한층 서늘해지자 외로움 또한 짙어졌다. 하지만 나는 도시의 소음과 혼란의 한가운데를 벗어나 이 외로움을 즐기려고 왔고, 그 사치는 나로서는 형언할 수 없는 것이었다. 계곡 밑은 안개가 여전히 희미한 솜털처럼 하얗게 깔려 있었고, 그 안개 속에서부터 언덕의 봉우리들이 검붉은 빛으로 솟아나

고 있었다. 수평선을 따라 구름이 띠를 두르고 있었고, 그 위로 유황색 바다
가 펼쳐져 있었으며, 흰 조각구름들이 얼룩덜룩 여기저기 언덕 봉우리 위를
헤엄치며 막 수평선에 가려진 태양의 마지막 광채를 포착하고 있었다. 어두
워지는 하늘에 별 한두 개가 반짝이며 모습을 드러냈고, 생명체 같은 고요함
이 계곡을 뒤덮은 뒤 내가 앉아 있는 곳까지 다가왔다.

　공기는 더 서늘해졌고, 정적은 완벽해졌다. 별들은 이제 검푸른 하늘 속으
로 헤엄쳐 들어갔고, 부드러운 빛이 사방에 떨어졌다. 나는 앉았고, 내가 침
잠한 이 경이로운 아름다움에 넋을 잃었다. 정신과 육체의 노곤함은 아마득
한 옛일 같았고, 그저 슬픈 추억밖에 다른 아무것도 아닌 것 같았다. 그런 순
간, 인간은 모든 기능이 온전히 재생되어 다시 태어난 듯한 느낌을 받는다.
나는 거대한 돌 십자가에 등을 기대고 두 손을 뒤로 한 채 팔로 등을 껴안아
더 편히 휴식을 즐길 수 있도록 자세를 바꿨다.

　느닷없이, 한 마디 경고도 없이, 두 손 모두 뒤에서부터 당겨지면서 어떤 양손에 꽉 잡혔고, 그 손은 마르고 따뜻했지만 힘이 너무 세서 나는 꼼짝도 할 수 없었다. 그와 동시에, 가볍고 부드러운, 하지만 두꺼운 재질의 스카프인 듯한 숄이 내 얼굴을 덮었고, 뒤에서 꽉 당기면서 내 머리를 십자가에 바짝 붙였다. 그렇게 묶이고 입이 막힌 나는 옴짝할 수도 말할 수도 없었고, 끝내 다음에 벌어질 일을 기다릴 수밖에 없었다. 이어 내 손은 손목을 휘감은 줄에 의해 꽉 잡아당겨져 더더욱 옴짝달싹할 수 없었다. 나는 아무 소리도 들을 수 없었고, 당연히 강도의 짓이라고 여겼다. 나는 혼자였고, 모든 사람과 멀리 떨어져 있었고, 나보다 힘센 남자에게 붙잡혀 있었기에 이 상황을 최대한 받아들이기로 마음먹었다. 갖고 있는 돈이 얼마밖에 없어서 다행이라는 생각이 들었다. 불과 몇 분밖에 지나지 않았겠지만, 긴 시간이 흐른 듯한 뒤, 스카프가 웬만큼 내려와서 눈은 자유롭게 되었지만, 입은 여전히 싸여 있어서 소리를 지를 수는 없었다.

순간 나는 내가 본 것에 너무 놀란 나머지 그게 이상하다고 생각할 겨를조차 없었다. 무례하고 거친 건장한 강도 대신 아까 낮에 내 관심을 끌었던 세 아이들이 있었다. 아이들은 잠시 꼿꼿이 침묵을 지켰고, 단지 그들의 눈만이 의식인지 모종의 관심인지를 보여주고 있었다. 그중 두 명, 소년과 소녀가 모종의 우월감을 만끽하듯 내게 미소를 지었고, 다른 소녀─공터에서 그토록 분노에 휩싸였던─는 더없이 차디찬 증오를 담은 미소를 지었는데, 나는 묶여 있었음에도 불구하고 몸서리를 쳤다. 그 소녀가 내게 바싹 다가왔고, 다른 아이들은 꼼짝도 하지 않고 우월감이 가득한 미소로 이를 바라보고 있었다. 그녀는 드레스 주름 속에 감춰져 있던 허리춤에서 길고 날카로운 단검을 꺼냈다. 얇은, 양날의, 흉기나 다름없는 단검이었다. 그녀는 놀라운 솜씨와 속도로 그걸 내 앞에서 휘둘렀다. 자꾸 그 뜨거운 날이 내 살갗에 닿았고, 그때마다 나는 움찔했다. 곧 그녀는 내 눈동자를 향해 달려들었고, 나는 그 차가운 칼끝이 실제로 내 눈알에 닿는 것을 느낄 수 있었다. 그러자 그녀는 내 심장을 겨눈 흉기 끝으로 내게 몸을 던질 듯하다가, 내 마지막 순간이 온 듯한 그 찰나에 멈췄다. 이런 식이 잠시 이어졌다. 비록 짧은 시간이었지만 끝이 없어 보였다. 나는 차디찬 냉기, 이상한 마비를 느꼈고, 그게 온몸을 덮치고 있었다. 내 심장은 더 차가워지고 약해지는 것 같았고, 더더욱 차가워지고, 더더욱 약해지는 것 같았다, 눈이 감기는 그 순간까지도. 눈을 뜨려고 노력했다. 성공했다. 다시 시도했다. 실패했다. 성공했다. 실패했다. 그리고 마침내 의식을 잃었다.

내가 깨어 있는 눈으로 본 마지막 기억은 어린 소녀가 능숙한 솜씨로 다룬 별빛 아래 긴 칼의 번뜩이는 빛이었다. 내가 마지막으로 들었던 소리는 세 아이들의 나지막한 웃음소리였다.

* * * * *

내 귀에 흐릿하고 먼 목소리가 들려왔다. 하지만 점점 그 소리가 커졌고, 말소리가 뚜렷해졌다.

"일어나보오! 일어나 보시오! 이러다 추워 죽겠소!"

추위! 내 심장은 아무것도 느낄 수 없었고, 죽음만큼 시렸기에, 그 단어가 내 폐부를 찔렀다. 내 의식이 돌아오려고 애쓰고 있었고, 나는 눈을 떴다.

큰 노란 달이 뜨면서 밝아졌고, 공원은 달빛에 푹 잠겼다. 내 옆에 두 사람이 있었는데, 나는 그들이 아까 낮에 본 '신혼부부'임을 곧 알아보았다. 남자는 내게 몸을 숙여 내 어깨를 붙들고 거칠게 흔들고 있었고, 여자는 두 손을 꼭 쥔 채 옆에서 걱정스럽게 처다보고 있었다.

"이 남자 죽은 건 아니겠지요, 조지? 그렇지요?" 그녀의 말소리가 들렸다. 답이 돌아왔다.

"그럼! 천만다행이지. 잠든 것 같군. 당신이 여기서 달빛 풍경을 보고 싶다고 한 게 천운이었어. 아니었다면 이 남자는 벌써 얼어 죽었겠지. 이것 보오! 땅은 벌써 흰 서리가 껴서 하얗지 않나. 이보소, 일어나 보시오! 일어나서 이리로 와보소!"

"내 심장," 내가 중얼거렸다. "내 심장!" 심장이 얼음장처럼 차가웠다. 남자는 더 심각해졌고, 그가 아내에게 말했다.

"벨라, 심각할 수도 있겠네. 호텔로 달려가서 누구 좀 불러줄 수 있겠소? 심장에 문제가 생긴 모양이오."

"네, 여보. 지금 당장 갈까요?"

"잠시만 기다려 보오." 그가 나를 다시 살폈다. 내게 벌어졌던 일들이 갑자기 떠올랐고, 나는 그에게 물었다.

"혹시 이 근처에서 아이들을 본 적이 있습니까? 두 인도 소녀와 금발의 소년 말이오."

"그렇소. 몇 시간 전에 삼륜 자전거를 타고 런던 쪽으로 내려갔어요. 다들 웃고 있었고, 그래서 우리는 지금껏 본 아이들 중 가장 예쁘고 행복한 아이들이라고 생각했지요. 그런데 그건 왜 물어보시오?"

"내 심장! 내 심장!" 나를 마비시키는 듯한 차가움에 나는 다시 한 번 소리를 질렀다.

남자가 내 심장 위에 그의 손을 올렸고, 그러나 겁에 질린 비명과 함께 황급히 손을 뗐다.

"왜 그래요, 조지? 무슨 일이에요?" 갑작스럽고 예상치 못했던 남자의 행동은 여자를 두렵게 했고, 그녀 역시 소스라치게 놀랐다.

그는 한 걸음 뒤로 물러섰고, 그녀는 겁에 질려 그의 팔에 꽉 달라붙었다. 큰 뱀도마뱀이 내 가슴에서 꿈틀거리며 나와서 땅에 떨어지더니 언덕 밑으로 미끄러져 내려갔다.

딜런 토머스
웨일스의 어린이의 크리스마스

도판 출전

Federico Vinciolo(?~1622), *Les singuliers et nouveaux pourtraicts, du seigneur Federic de Vinciolo, Venitien, pour toutes sortes d'ouvrages de lingerie*(모든 종류의 리넨 작품을 위한 베네치아 사람 페데리코 빈치올로 님의 특이하고 새로운 초상화들), Paris, Jean Le Clerc le Jeune, au mont Saint Hilaire, au Chef Sainct Denis, pres le Clos Bruneau, Avec privilege du Roy, 1588. (이하 각 작품의 첫 문양은 동일한 출전).

Wikimedia Commons는 Wiki로 표시.

블레즈 상드라르
세계만방의 크리스마스

도판 출전

뉴질랜드에서의 크리스마스

Raoul Dufy(1877~1953), *Dauphin*(돌고래), 1911, 목판화, 19.2 x 20.2cm, in Guillaume
Apollinaire, *Le Bestiaire ou Cortège d'Orphée*(동물시집 혹은 오르페우스의 행렬), Paris,
Deplanche, 1911.

Amadeo de Souza-Cardoso(1887~1918), *L'Amazone noire*(검은 드레스의 기수), 1912, 이
집트 대리석 위에 명판, 25 x 39cm.

중국에서의 크리스마스와 새해

François-Louis Schmied(1873~1941), *Les Lutteurs*(격투가들), 1925, 목판.

Alfred Kubin(1877~1959), *Am Strand*(해변에서), 1918경, 종이에 수채화, 펜, 먹, 23.2 x
15cm.

막스 자콥과의 크리스마스

Jean Cocteau(1889~1963), *Portrait de Max Jacob*(막스 자콥의 초상화), 1961, 종이에 사인
펜, 52.5 x 67cm, Musée de Beaux-Arts de Quimper("나막신을 신고 와서 / 나막신을
신고 떠났네 [무일푼으로 와서 / 무일푼으로 떠났네] / 괴상하고 멋진 사람 / 마치 꿈
처럼 / 장 콕토 / * 1961").

뉴멕시코 주 인디언들과의 크리스마스

Dana B. Chase(1848~1897), *Looking up Caliente Rio at the Hot Springs*('온천'에서 칼리엔테
리오를 찾다), 1884~1892, Santa Fe, New Mexico History Museum.

약속의 땅 사람들과의 크리스마스

Frans Masereel(1889~1972), in August Vermeylen, *Der Ewige Jude*(영원한 유대인), Leipzig, Insel Verlag, 1921, p.2.

뉴욕에서의 크리스마스

Frans Masereel, in *La Ville. Cent bois gravés*(도시. 100장의 목판화), Pierre Vorms Editeur, Galerie Billiet, 1928.

로테르담에서의 크리스마스

Alexandra Exter(1882~1949), 의상 디자인, 1924, Collection Lobanov-Rostovsky.

바이아에서의 크리스마스

Oskar Schlemmer(1888~1943), 바우하우스 로고, 1922.

외인부대에서의 크리스마스

Frans Masereel, *Politische Zeichnungen*(정치 드로잉집), Berlin, Erich Reiß Verlag, 1920, p.51, *La Grande Aube*(창창한 새벽).

아르덴 숲에서의 크리스마스

Ernst Ludwig Kirchner(1880~1938), *Der Baum*(나무), 1921, 목판화, 42.9 x 62.6cm, 슈투트가르트, Staatsgalerie Stuttgart.

지붕 위 황소에서의 크리스마스

Raoul Dufy(1877~1953), *Le Boeuf sur le toit*(지붕 위 황소), 1920, 종이에 석판화, 47 x 37cm.
Jean-Gabriel Daragnès(1886~1950), in Jules Laforgue, *Moralités légendaires*(전설적인 교훈들), Paris, Eds. de la Banderole, 1922, p.55.

저본의 주석에서 조금이라도 도움을 받은 주는 모두 • 로 표시했다. 나머지는 옮긴이 주.

저본 : *Noël aux quatre coins du monde*, in "*Tout Autour d'Aujourd'hui*", *Nouvelle édition des Œuvres de Blaise Cendrars*, vol. 11, Textes présentés et annotés par Claude Leroy, Denoël, 2005, p.341~377, 주 p.525~528. 마지막 장 '리오에서의 크리스마스'는 미번역.

뉴질랜드에서의 크리스마스

1 ***whale-shark***

과장된 묘사. 참조 : "어류 중 몸집이 가장 큰 고래상어의 경우 매우 작은 이빨 약 3,000개가 300줄로 배열돼 있다. 흥미로운 점은 이빨이 3,000개나 있지만 사냥하거나 먹을 때 이 많은 치아를 사용하지 않는다는 사실이다. 고래처럼 입을 벌리고 물을 빨아들이면서 작은 먹이를 걸러 먹는 '여과섭식'을 하기 때문이다"(ⓒ 「뉴스펭귄」, 이후림 기자, 2024년 1월 7일).

2· **pays du Tendre**

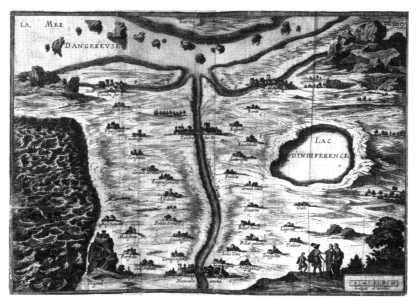

17세기 프랑스 소설가 스퀴데리(Madeleine de Scudéry, 1607~1701)의 대하소설
『클레리, 로마 이야기』(*Clélie, histoire romaine*, 1654~1660, 5부작, 총 10권) 제1권
에 수록된 유명한 '온유의 지도'(Carte de Tendre)를 말한다. 당시 성문화의 주요 가
치들을 알레고리로 표현, 사랑의 각 단계를 지명으로 구분했다(4개의 도시, 3개
의 강, 2개의 바다, 1개의 호수, 30개의 작은 마을). 부제 '로마 이야기'는 당대의 생
생한 묘사를 숨기기 위한 장치다. 도판은 삽화가 프랑수아 쇼보의 원화. François
Chauveau(1613~1676), *La Carte de Tendre*, 1654, BNF (Wiki).

3´ *Paillasse*

원문은 불어('어릿광대'). 이탈리아 오페라 작곡가 루제로 레온카발로(Ruggero
Leoncavallo, 1858~1919)의 대표작인 2막 오페라 「광대들」(*Il Pagliacci*, 1892)을 말
한다. 1막 마지막의 유명한 아리아인 '의상을 입어라'(*Vesti la giubba*)는 카루소(Enrico
Caruso, 1873~1921)의 녹음으로(1902, 1904, 1907) 세계 최초로 1백만 장 판매를
돌파한 음반이라고 한다. 위 도판은 「팔리아치」 악보집 초판, 밀라노, Sonzogno 출판
사, 1892, 205p. (Wiki).

4 plum-pudding
중세부터 이어진 영국의 전통적인 크리스마스이브 푸딩. '자두'(plum)는 빅토리아 시
대 이전까지 건포도(raisin)를 뜻했기에 자두는 들어 있지 않다.

5 moi, le droit
블레즈 상드라르는 제1차 세계대전이 발발하자마자 스위스인으로서 프랑스군에 자

원입대한다. 1년 후인 1915년 9월 28일 프랑스 북부 랭스(Reims)와 베르덩(Verdun) 사이의 나바랭(Navarin) 전투에서 심각한 총상을 입고 오른팔을 절단한다. 이후 명예 제대한 뒤, 1916년 2월 16일 프랑스로 귀화한다. 사진은 1915년 외인부대 보병 시절(왼쪽), 오른팔을 절단한 뒤인 1916년 부활절 일요일(오른쪽) © Collection Miriam Cendrars.

6   Un Anzac de l'Artois

ANZAC(Australian and New Zealand Army Corps)은 오스트레일리아-뉴질랜드 군단 이다. 1914년 제1차 세계대전 발발 후 편성되었고, 프랑스와 벨기에의 전선인 서부전 선에서 많은 전투를 벌였다. 아르투아는 랭스에서 50km 서쪽으로, 두 사람은 같은 전 장의 연합국 전우였던 셈이다.

중국에서의 크리스마스와 새해

7   Raymone

레몬 뒤샤토(Raymone Duchâteau, 1896~1986). 상드라르의 두 번째 부인. 20세기 프 랑스 최고의 배우이자 연출가인 루이 주베(Louis Jouvet, 1887~1951) 극단 출신의 배우로, 1920~1969년 동안 수십 편의 영화에 출연했다. 1917년 상드라르를 만나 그의 뮤즈가 되었고, 1949년 스위스에서 결혼식을 올리고 작가와 말년을 함께했다.

8 **les santons de Marseille ou la crèche de Saint-Rémy-de-Provence**

우리에게 익숙한 남불의 전통적인 구유. '상통'은 프로방스 지방 특산물로, 점토를 빚어 다양하게 채색한 작은 인형이다. 아기 예수 탄생의 인물들과 프로방스 주민들, 그들의 다양한 직업을 재현한다.

9 **général Ma**

마부팡(Ma Bufang, 马步芳, 馬步芳, 1903~1975). 중국의 군벌. 서북을 주름잡은 마씨 군벌인 마홍쿠이(馬鴻逵), 마홍빈(馬鴻賓)과 함께 서북삼마의 일원으로 꼽혔고, '서북왕'으로 불렸다.

10 **Jules Janin, *L'Âne mort et la femme guillotinée***

소설가이자 연극비평가인 쥘 자냉(1804~1874)이 1829년 출간한 프랑스 낭만주의의 가장 특이한 소설 중의 하나로, 당시 유럽을 풍미한 영국식 고딕 괴기소설에 대한 패러디다. 초판 표지, 1829, 2권(xxxvi+158p., 170p.)

막스 자콥과의 크리스마스

11ˈ **Nino Frank**

니노 프랑크(1904~1988). 이탈리아 출신의 프랑스 기자, 영화평론가, 작가, 번역가.

1926년 브라질에서 돌아온 상드라르를 인터뷰했고, 그와 우정을 맺었다. 이후 상드라르와 여러 작업을 함께했다. 영화평론가로서 1930~1940년대에 왕성한 작업을 했고, 1940년대 미국 범죄영화를 '필름 느와르'로 명명한 최초의 영화 평론가다.

12 Max Jacob

막스 자콥(1876~1944). 프랑스 시인, 소설가, 비평가, 화가. 브르타뉴 출신의 유대인으로 마흔 무렵 성령을 접하고 가톨릭으로 개종, 죽을 때까지 이에 헌신했다. 다양하고 방대한 작품을 남겼고, 더없이 진지한 신비주의와 악의적인 재치가 혼재한다. 시인으로서 다다와 초현실주의의 선구자였고, 직업적인 화가로서 당대 최고의 예술가들(피카소, 아폴리네르, 마리 로랑생, 모딜리아니, 장 콕토……)과 깊이 교류했음에도 훗날 수도원으로 은둔한 작가이다. 평생 자신이 동성애자라는 것에 괴로워했고, 1944년 파리 해방 6개월 전 게슈타포에 체포되었지만, 이를 해방의 순교 행위로 인식, 자신의 운명을 받아들였다고 한다. 체포된 지 5일, 아우슈비츠로 이송되기 직전, 파리 북쪽 드랑시(Drancy) 수용소에서 폐렴으로 사망한다. 그의 나이 68세였다. 시, 소설, 운문 소설, 에세이, 비평, 서한, 회화, 종교서, 번역 등 다양하고 방대한 작품을 남겼다. 아도니스는 그의 주저인 산문시와 시법을 출간할 예정이다(*주사위* 통, *시법*).

13 rue Gabrielle, l'église des Abbesses

'가브리엘 가'는 막스 자콥이 1913~1921년 동안 살았던 파리 18구 몽마르트르 언덕의 한 골목이다. 언덕을 내려와 도보로 5분 거리에 있는 '아베스 성당'은 1894~1904년 건립된, 당시로서는 새로운 성당으로, 아베스 가 19번지에 있다. 공식 이름은 '몽마르트르의 성 요한 성당', 또는 '성 요한 복음사가 성당'이다. 12세기에 세워진 몽마르트르의 '성 베드로 성당'이 인구증가를 감당하지 못해 새롭게 지은 성당이다. 1913년 1월 30일 개통된 지하철 12번선 아베스 역이 바로 앞에 있다. '사크레 쾨르'(Sacré-Cœur) 대성당은 걸어서 10분 거리이고, '언덕'은 몽마르트르 언덕(Butte Montmartre)의 약칭이다.

뉴멕시코 주 인디언들과의 크리스마스

14˙ Raymond Manevy

레몽 마느비(1895~1961). 기자이자 언론사가로 언론계의 거물이었다. 몇몇 주요 일간지의 주간을 맡았고, 상드라르와 우정을 맺었다.

15

멕시코 전통의 크리스마스 축제인 '포사다스'(Posadas, 12월 16일~24일)의 마지
막 날을 장식하는 백미인, 박엽지로 만든 '피냐타'(piñata)를 말한다. 여러 형태
가 있다. 여기서 언급된 것은 무지개 피냐타. 사진은 독일 출신의 멕시코 사진가
Hugo Brehme(1882~1954), '피냐타 판매', 20세기 초, 멕시코시티.

16 fête de Piedigrotta

16세기부터 연원한 나폴리의 대규모 전통 민속축제(Festa di Piedigrotta). 매년 9월 8
일 열린다. 사진은 당시 축제에 쓰인 박엽지 풍선(연도미상 © Associazione Napoli nel

Mondo, 2018년 1월 24일).

17 peyotl

혹은 peyote. 작고 가시가 없는 선인장의 일종으로, 미국 서남부와 멕시코가 원산이다. 아메리카 원주민들이 식용과 약용으로 오래 사용했다. 향정신성 알칼로이드 성분(환각제 메스칼린)이 들어 있다.

18 *pueblo*

스페인어로 '마을'.

19 Stinckingsprings, Ojos Calentes

'오조 칼리엔테 온천'(Ojo Caliente Hot Springs)은 뉴멕시코 주 타오스 카운티의 온천으로, 원주민들이 오래 사용했다. 이곳을 한쪽에서는 '냄새나는 샘'(Stinking Springs)으로, 다른 한쪽에서는 '뜨거운 눈'(Ojo Caliente)으로 부른다는 점에서 이를 『팡세』의 한 구절에 빗댔다 : "강줄기 하나로 나뉘는 웃기는 정의라니! 피레네 이쪽에서는 진실이고, 저쪽에서는 오류다."

약속의 땅 사람들과의 크리스마스

20ʼ Pierre Lazareff

피에르 라자레프(1907~1972). 20세기 프랑스 언론계와 방송계를 주름잡은 인물로, 기자, 언론사주, 방송제작자로 활동했다. 상드라르의 절친한 친구로, 그에게 르포르타주를 맡기기도 했다.

21ʼ *Volturno*

이 배는 상드라르가 1912년 뉴욕 체류 후 프랑스로 올 때 타고 온 배라고 한다.

22 Libau

현재 라트비아 서쪽의 발트 해에 위치한 항구도시 리에파야(Liepāja, 독일어 Libau)는 1910년에는 러시아령이었다. 20세기 초에는 미국과 캐나다로 향하는 이민자들의 중심 출발지였고, 1906년 한 해에만 4만 명이 바다를 통해 미국으로 건너갔다고 한다.

23 sabot

'항해에 적합하지 않은 배'를 이르는 구어적 표현으로, 적절한 우리말을 찾지 못했다. '통통배'를 연상하면 될까?

24 Parsis

인도에 거주하며 조로아스터교를 믿는 이란계 민족.

뉴욕에서의 크리스마스

25ˑPaul Gilson

폴 질송(1904~1963). 특파원, 작가, 시인이자 특히 라디오 방송인으로 유명, 1946년부터 죽을 때까지 각종 라디오 방송의 예술 감독을 맡아 수많은 작가들과 교류했다. 상드라르의 절친한 친구로 상드라르는 그를 '위대한 폴'이라고 불렀다고 한다.

26 *pier*

잔교(棧橋). 강줄기와 직각을 이루는 부두로, 다리 모양의 구조물이다. 그림은 컬럼비아 부두에서 바라본 브루클린 다리로, 부두에 잔교들이 이어져 있다('뉴욕 부두회사', 1911, 석판화, Thoughtgallery.org).

로테르담에서의 크리스마스

27ˑ*Middernacht's Tango*

실제로 1911년 스물네 살의 블레즈 상드라르가 로테르담의 술집 '자정의 탱고'에서 겪은 싸움판이었다고 한다.

바이아에서의 크리스마스

28 taureau zébu

봉우(峯牛). 아프리카, 인도, 동남아, 마다가스카르에 널리 퍼진 등에 혹이 있는 소.

29 le coq d'Esculape

아스클레피오스(Asclepios, Esculape)는 신화 속 최고의 의사. 플라톤의 『파이돈』에 묘사된, 소크라테스가 크리톤에게 남긴 최후의 유언인 "아스클레피오스에게 닭 한 마리를 빚졌는데 갚아주게나"는 여러 가지 해석이 있는 유명한 일화.

외인부대에서의 크리스마스

30 상드라르가 외인부대 시절인 1914년 크리스마스에 겪은 일.

31 parapet

흉토(胸土). 참호 앞부분에 쌓은 흙과 돌 더미.

32 des Fritz

독일군을 상징하는 이름으로 사용.

아르덴 숲에서의 크리스마스

33 forêt des Ardennes

아르덴 숲은 고대부터 형성된 유구한 숲으로, 프랑스, 벨기에, 룩셈부르크, 독일의 아이펠(Eifel)에 걸쳐 있는 광대한 원시 삼림이다.

34 ˙Roger Nimier

로제 니미에(1925~1962). 소설가, 기자, 각본가로 1950년대 사르트르의 실존주의와 참여문학에 반대, 순수문학을 지향한 '경기병파'(앙투안 블롱댕, 드리외 라 로셸……)의 수장이었다. 1962년 고급 스포츠카 파셀 베가(Facel Vega)를 몰고 과속으로 달려 자살했다. 상드라르는 그의 소설 『슬픈 아이들』(*Les Enfants tristes*, 1951)을 좋아했다고 한다.

35 *Le Boeuf sur le toit*

1922년 문을 연 파리 8구의 전설적인 레스토랑이자 뮤직홀. 1920년대에 지식인들과 예술가들의 만남의 장소이자 카바레문화의 중심이었다. 현재도 성업 중.

36 bougie *d'Ambrine*

앙브린은 프랑스 해군 소속 의사 바르트 드 상포르(Barthe de Sandfort) 박사가 개발한 파라핀 왁스 혼합물로, 한동안 무시되었다가 15년 후 1차 세계대전 중 화상환자가 급증하면서 널리 쓰였다. 노인의 붉은 코를 놀리는 말.

지붕 위 황소에서의 크리스마스

37 Moysès

부자 모두 유명한 플루트 연주자이자 교수였던 마르셀 모이즈(Marcel Moyse, 1889~1984)와 루이 모이즈(Louis Moyse, 1912~2007)를 말한다. 표기는 'Moyse, Moysè' 모두 쓰였다.

38 Clément Doucet, Jean Wiener

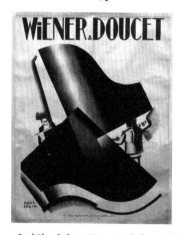

유명한 피아노 듀오. 클레망 두세(1895~1950)는 벨기에 피아니스트로, 장 비네르와의 협주로 유명했다. 장 비네르(1896~1982)는 프랑스 작곡가이자 피아니스트로, 1920년대부터 두세와 협연, 많은 재즈음악을 작곡했다. 350편 이상의 영화음악을 작곡했고, 1960년대에는 무성영화에 자신의 음악을 얹어 새롭게 해석함으로써 큰 명성을 얻었다. 그림은 Paul Colin(1892~1985), *Wiener et Doucet, pianos accouplés*('비네르와 두세. 한 쌍의 피아노'), 광고 포스터, 1925 © Victoria and Albert Museum, London.

39 duchesse d'Uzès

안느 드 로슈슈아르(Anne de Rochechouart, 1847~1933)는 프랑스 귀족으로 '뵈브 클리코 샴페인'(Veuve Clicquot Champagne)의 창업주인 증조모로부터 막대한 유산을 물려받았다. 1867년 위제스 공작부인이 되었고, 1894년 공작의 사망으로 거듭 상속녀가 되었다. 작가이자 조각가였고, 페미니즘 운동, 자선활동, 정치, 사냥, 자동차, 예술 등에 지대한 관심을 지녔다.

40ˈ Coco Chanel

본명 가브리엘 샤넬(Gabrielle Chanel, 1883~1971)은 제1차 세계대전 이후 여성 의류를 혁신했고(바지, 투피스), 1921년 향수 브랜드를 런칭했다(No 5). 제2차 세계 대전 당시 독일에 부역한 탓에 전후에 스위스로 망명, 1954년 패션계로 복귀했다.

41 Marthe Chenal

마르트 슈날(1881~1947). 프랑스의 세계적인 오페라 소프라노로 1905~1923년 동안 활동했다. 전 세계에서 공연했고, 주로 파리에서 활동했다(Palais Garnier, Opéra-Comique). 뛰어난 목소리와 연기력으로 존경을 받았고, '파리에서 가장 아름다운 여성'이라는 별명을 얻었다.

42 Ambroise Vollard

앙브루아즈 볼라르(1866~1939)는 일명 '역사상 가장 위대한 화상'으로, 19세기와 20세기를 아우른 위대한 화상이다. 세잔, 고갱, 반 고흐, 마티스, 피카소를 발굴했다. 마다가스카르 우측의 라 레위니옹 섬에서 태어났다. '백인 흑인'은 이를 빗댄 말이다.

43 l'imprimeur Peignot

1898년 창업한 활판업자 '페뇨 부자 주조'(La Fonderie G. Peignot & Fils)는 1923년 '드베르니 & 페뇨'(Deberny & Peignot, 1923~1975)로 합병되었다. 프랑스 활판업의 보석 같은 존재로, 수많은 타이포를 개발했다.

44 Mme Leygues

남편은 정치가이자 총리(1920~1921)였던 조르주 레이그(Georges Leygues, 1857~1933)로, 내무부장관(1895), 네 차례의 해양부장관(1917~1933), 국회의원(1895~1933)을 역임했다.

45 Misia Sert

Misia Sert(본명 Marie Sophie Olga Zénaïde Godebska, 1872~1950). 폴란드 출신의

메세나이자 뮤즈이자 피아니스트였다. 20세기 초의 수많은 화가, 시인, 음악가들을 후원했다. 예명인 '미샤'(Misia)는 '마리아'(Maria)의 애칭이다.

46 le jeune Auric

오릭(Georges Auric, 1899~1983)은 당시 몽파르나스에서 활동한 6명의 작곡가 그룹인 '6인방'(*Les Six*)의 한 명이었다. 영화음악으로 유명하다(특히 장 콕토의 「미녀와 야수」, 장 들라노아의 「파리의 노트르담」, 제라르 우리의 「대탈주」).

47 ce vieux Fargue

레옹 폴 파르그(Léon-Paul Fargue, 1876~1947). 프랑스 시인이자 작가.

48 Ravel

모리스 라벨(Maurice Ravel, 1875~1937). 「볼레로」(*Boléro*, 1928)로 유명한 프랑스의 고전음악 작곡가.

49· 프랑수아 비용(1431~1463)의 『유언시』(*Le Testament*)의 하나인 「옛 시절의 부인들의 발라드」(*Ballade des Dames du temps jadis*, 1461)의 축약본.

브램 스토커

지빗 힐

편집자의 말

 크리스마스를 주제로 한 세 작가의 글의 출간을 앞두고 마무리 작업 중이던 2024년 10월 19일, 페북 곳곳에서 더블린발 브램 스토커 뉴스가 올라왔다. 아일랜드와 영국의 주요 매체들은 물론, 「뉴욕타임스」를 포함, 영미와 유럽의 유수의 신문사와 통신사들이 시시각각 핫뉴스로 같은 소식을 전하고 있었다. 더구나 단신이 아닌 장문의 각기 다른 심층기사였다. 마침 아도니스는 며칠 후 더블린에서 오는 저자 시네이드 글리슨의 방한을 앞두고 있었다. 서울시와 더블린시가 주관한 제2회 아일랜드 문학 페스티벌이었다.

 브램 스토커의 미발표 단편 발굴 소식은 그야말로 세계적인 토픽이었다. 1890년 12월 17일, 크리스마스를 일주일 앞둔 날, 당시 아일랜드 최고의 발행부수를 자랑했다는 더블린의 일간지 「데일리 엑스프레스」(*Daily Express*, 1851~1921)의 '크리스마스와 신년 부록'(총 8면)에 처음 발표된 단편으로, 브램 스토커가 구상한 단편집에 수록될 예정이었으나 끝내 출간되지 않았고, 이후 134년 동안 그 누구도 언급한 적 없고, 단 한번도 출간된 적 없는 작품이라고 한다. 쏟아지는 뉴스를 읽는 것을 잠시 중단하고, 혹시…… 하는 생각에 원문을 탐색했다. '크리스마스'라니, 아도니스로서는 당면 주제였다. 조사가 쉽지는 않았지만 몇 시간 만에 아일랜드국립도서관(NLI)에서 마이크로필름 전문을 발견했다. 홀로 유레카를 외치면서 제일 먼저 든 생각은 당연히 놀라움이었다. 공공도서관의 위력이랄까, 134년 전의 신문을 이토록 명료하게 읽을 수 있도록 해놓은 아일랜드국립도서관의 저력이 떠오르지 않을 수 없었다. 두 번째 든 생각은, 자연스레, 이 텍스트를 어느 역자에게 의뢰할 것인가 였다. NLI에는 해당 신문의 PDF판이 없는 탓에 번역을 위해 마이크로필름을 수십 장으로 캡처했다. 7단으로 조판된 신문은 처음 접했다. 오래전 이런저런 19세기 프랑스 신문을 읽은 적은 있지만, 7단은 낯설었다. (며칠 뒤 「아이리시 타임스」에 게재된 사진을 보고 신문의 크기를 짐작할 수 있었다. 지금 우리의 신문 판형과 크게 다르지 않지만, 한 면에 무려 7단에, 깨알 같은 폰트와 촘촘하기 이를 데 없는 행간 탓에 왠지 두 배는 더 커보였다. 인간의 시력은 옛사람들이 월등했음이 분명하다.) 브램 스토커의 단편은 부록 2면의 3단을 꽉 채운 글이었다. 잠시 숨을 돌리고, 작품을 읽기 시작했다. 첫 문장에서 거장 터너(J. M. William Turner, 1775~1851)의 동판화 모음인 「연구서」(*Liber Studiorum*, 1807~1819)가 언급된 것을 보고 흥미가 폭발했다. 묘한 글이었다.

이튿날, 어제 읽다 만 뉴스들을 읽었다. 글이 발견된 사정을 알게 되었고, 더욱이 1주일 뒤인 10월 26일 낱권으로 출간될 예정이었다. 뉴스의 주인공은 1년 전인 2023년 10월, 한쪽 귀의 청력 상실의 위험에 처해 다니던 병원을 그만두고 그가 평생 애호한 브램 스토커의 작품을 읽던 중 이 글을 발견했고, 그도 처음 접한 글인 탓에 너무 놀라서 여러 브램 스토커 전문가들에게 확인한 결과, 앞서 밝혔듯 「데일리 엑스프레스」에 게재된 이후 134년이 지나도록 아무도 언급한 적 없고, 아무도 출간한 적 없는 '첫 발굴'임을 확인했다고 한다. 놀랍게도, 그리고 다행히, 그는 이 작업 중에 청력을 회복했고, 이에 대한 깊은 감사의 마음으로 출간에 따른 모든 수익을 자신이 근무한 병원의 한 재단에 전액 기부하기로 했다고 한다. 책은 재단의 이름으로 발간될 예정이었고, 출간기념회와 낭독회도 10월 26일로 예정되어 있었다. 무려 1년을 공들인 작업이었다. 원문 외에 브램 스토커 전문가의 해설과 발굴자의 후일담, 그리고 이 작품에 감흥한 한 화가의 삽화가 수록되었고, 이미 전자책 판매가 시작되고 있었다. 나는 그 책을 보아서는 안 되겠다고 생각했다.

발굴자의 기부 소식에 하루 전 내 맹목적인 (어쨌든) 탐심을 잠시 돌아보게 되었다. 하루를 상념으로 보냈다.

다음 날, 이 작업을 번역해야겠다고 마음먹었다. 미담과 임박한 출간 소식에 따른 상념이 정리된 것은 아니었다. 내야겠다는 생각이 앞섰고, 터너의 그림이 맴돌았다. 단편의 문장도 큰 몫을 했다. 묘사의 회화성이랄까, 브램 스토커의 끊이지 않는 긴 문장과 수사도 머리를 떠나지 않았다.

1897년, 『드라큘라』가 발간된 해, 그 7년 전에 발표된 흥미로운 호러 단편이다.

1890년은 그가 『드라큘라』를 구상하고 취재를 시작한 해라고 한다.

브램 스토커를 원문으로 읽은 적은 당연히 없었고, 그의 다른 글을 접한 적도 없었다. 뉴스 덕에 올해 국내에 소개된 그의 단편집도 알게 되었다. Wikipedia를 훑었고, Internet Archive에서 그의 모든 책을 (일단!) 내려 받았다. 방대한 양의 글을 쓴 작가였다. 그 방대함 중 독자에게 — 한국은 물론 전 세계의 — 알려진 것은 『드라큘라』가 거의 유일했다.

나머지 상념은 차차 생각하기로 했다. 무수한 자료도 마찬가지. 짐을 보탤 하등의 이유가 없었다. 텍스트에 집중했다. 수없이 읽었다. 망자를 기리는 브램 스토커의 상상이 오묘하고 독특하다. 긴 여운에 논란도 담긴 듯한 텍스트다. 작업을 마무리할 즈음, 뉴스 이틀 뒤인 10월 21일 Wikisource에 작품이 등재된 것을 알게 되었다. 원본의 오타까지 존중한 '원문 그대로'(*sic*)의 텍스트였다.

아일랜드에서 온 세 작가의 북토크 행사에서 글을 좋아하는 분을 만났다. 뉴스통신사에서 영상 번역을 하는 분이다. 그의 첫 작업이다.

옮긴이의 말

처음으로 여행 온 도시, 통영에서 이 번역을 마무리했다. 출발 당일까지 이어진 밤샘 작업으로 여행 사전조사는 부족했다. 하지만 지역 명소인 '서피랑'에 대해서만큼은 자신 있게 말할 수 있었는데, 풍경 묘사가 유난히 어렵게 느껴졌던 이야기 초반부 서리 언덕의 묘사 중 'western slope'을 어떻게 번역할까 검색하다가 통영의 '서피랑'이 서쪽 비탈을 뜻한다는 설명을 읽었기 때문이다. 덕분에 그 단어는 '서쪽 비탈'로 번역하기로 마음먹고, 계속해서 통영과 서피랑에 대해 읽어갔다. 일주일 후, 가족여행 장소가 통영으로 확정되었을 때, 예상치 못한 뜻밖의 우연에 미소가 지어졌다.

이번 번역 작업은 그런 기분 좋은 우연의 연속이었다. 브램 스토커의 잊혔던 이야기가 빛을 보게 된 과정에서도 (청력을 잃을 처지에 놓여서 다니던 직장을 그만두고 도서관에서 많은 시간을 보내던 한 청년은 우연히 평소 그가 좋아하던 작가 브램 스토커의 이야기를 발견한다), 첫 출판 번역의 기회를 얻게 된 과정에서도 (참석했던 북토크에 앉을 자리가 꽉 차서 어쩔 수 없이 앉았던 계단 자리는 출판사 대표님의 앞자리였다). 이런 우연이 맞물려 이 번역을 시작하고 완성하게 됐다.

하지만 그런 우연을 겪은 것은 나뿐만이 아니었다. 브램 스토커의 어머니는 청각장애인의 복지를 위해 힘썼던 사회복지사였고, 브램 스토커의 형제 중 하나는 청각장애에 대한 논문을 썼으며, 형수는 말라리아 약 복용 후 청력을 잃었다. 소설에는 끝내 실리지 않았지만 『드라큘라』의 습작 노트에는 청력을 잃은 인물도 등장한다. 그래서 이 책으로 인한 수익 모두는 후천적인 신생아 난청의 원인을 연구하는 데 쓰일 예정이라고 한다. 청력을 상실해서 도서관에서 많은 시간을 보내다가 청력과 연이 깊은 가족에서 자란 브램 스토커의 이야기를 발견했으니, 이런 우연이 있을까.

이렇게 예상치 못했던 일과 일 사이, '우연'이라는 연결고리를 발견할 때마다 희열을 느낀다. 마찬가지로, 언어와 언어 사이의 연결고리를 만들어가는 번역 과정에서도 희열을 느낀다. 이런 희열을 느끼게 해주신, 이 모든 우연과 연결고리의 시발점이 되어주신 조동신 대표님께 깊은 감사의 말씀을 드린다. 독자들에게는 이 이야기가 어떤 우연의 연결고리를 가져다줄지 모르겠지만, 크리스마스 선물 같은 기분 좋은 설렘으로 다가왔으면 한다.

「지빗 힐」 일부 © NLI.

「데일리 엑스프레스」, 1890년 12월 17일, 크리스마스와 신년 부록 1면
(좌측 상단에 'A Merry Christmas', 우측 상단에 'A Bright New Year') © NLI.

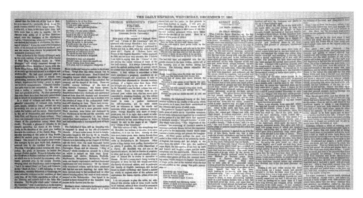

부록 2면 (우측 3단이 「지빗 힐」), 일부 © NLI.

도판 출전 (앞 숫자는 쪽수)

116 Joseph Mallord William Turner(1775~1851), *Hind Head Hill. On the Portsmouth Road*(힌드 헤드 힐. 포츠머스 로에서), *Liber Studiorum*, part V, plate 25, Robert Dunkarton(1744~1811)의 메조틴트 판화, 1811년 1월 1일 출판, 도판(26 x 17.8cm), 종이(28.9 x 21cm), 오하이오, 클리블랜드 미술관 소장본. 상단의 'M'은 터너가 정한 범주의 하나인 '산악 풍경'(Mountainous landscape)의 약자. 그림은 힌드 헤드 힐에서 바라본 원경의 Gibbet Hill('교수대 언덕').

119 J.M.W. Turner, *Frontispiece to Liber Studiorum*(리베르 스투디오룸 표지화), J.C. Easling(1807~1833)의 메조틴트 판화, 1812년 5월 23일 출판, 도판(26.7 x 18.9cm), 종이(29.7 x 21.3cm), 뉴욕, The MET 소장본. 도판에 쓰인 문장 : *"This FRONTISPIECE to / LIBER STUDIORUM"* // *"is most respectfully presented to the Subscribers, by J., M., W., Turner."*(LIBER STUDIORUM의 이 표지화를 J., M., W., Turner가 예약자분들에게 정중하게 소개하는 바입니다).

120 Herbert Hughes-Stanton(1870~1937), *Haslemere from Hindhead*(힌드헤드에서 바라본 헤이즐미어), 1906, 수채화, 72 x 52cm.

121 살해된 선원의 추모비, 1786, 높이 91.44cm, 너비 60.96cm, ThursleyHistorySociety. org.

123 지빗 힐의 교수대 자리에 있는 기념 십자가(The Memorial Cross on the site of the gallows at Gibbet Hill), 1851, 높이 2.5m, 화강암, 2급 문화재 © Simon Burchell, 2011년 7월 30일 (Wiki).

130 Caspar David Friedrich(1830~1835), *Das Riesengebirge*(대산맥), 1830~1835경, 캔버스에 유화, 102.5 x 73.5cm, 베를린, Alte Nationalgalerie (Wiki).

131 지빗 힐 북쪽 4킬로미터 서슬리 교회묘지 안의 선원 추모비(St Michael and All Angels churchyard, Thursley church, Surrey), ThursleyHistorySociety.org.

133 Caspar David Friedrich, *Ostermorgen*(부활절 아침), 1828~1835, 캔버스에 유화, 34.4 x 43.7cm, 마드리드, Thyssen-Bornemisza Museum (Wiki).

1 Turner, *Liber Studiorum*

• 터너(Joseph Mallord William Turner, 1775~1851)는 "로망주의의 피가 흐르는 영국 화가로, 대부분의 작품이 테이트 미술관(Tate Britain)에 소장되어 있다. 프랑스 바로크 예술의 거장 클로드 로랭(Claude Lorrain, 1600경~1682)의 작품에서 깊은 감동을 받았고, 로랭을 능가하는 예술을 펼치고자 했다. 강, 하늘, 구름에 매료되었고, 특히 태양에 사로잡혔다. 햇빛의 변화에 따른 색을 풍경에 입혔고, 빛 속에 용해된 풍경을 형상화했다. 터너는 혁명적인 화법으로 존 컨스터블(John Constable, 1776~1837)과 함께 인상주의의 선구자로 불린다"(『테오와 떠나는 프랑스 예술기행』, 아도니스 출간 예정).

• *Liber Studiorum*(「연구서」)에 대해서는 테이트의 방대한 설명이 가장 완벽하다. 다음은 개요 일부 : "터너의 땅 풍경(landscape)과 바다 풍경(seascape) 연작인, 에칭과 메조틴트 판화로 출판된 *Liber Studiorum*은 어쩌면 '그의 생애와 작품 중 가장 뛰어난 모든 핵심'(1)을 담은 것으로 평가받고 있다. 또한 '그의 전작(全作) 중 가장 개인적이고 신중하게 구상된 판화 연작이자, 터너의 경력에서 가장 중추적인 것'(2)이며, 혹은 적어도, '[19]세기의 첫 10년 동안 터너의 예술에 대한 태도를 가장 완벽하게 기록한 것'(3)이자, '위대한 예술가가 시도한 가장 포괄적인 출판 작업 중 하나'(4)로 평가받고 있다. 라틴어 제목은 「연구서」(5)로 번역될 수 있지만, 제본된 책의 형태로 발행되지는 않았고, (대부분의 경우) 각 작품의 제목 외에는 어떤 설명도 없다. 상단의 알파벳은 풍경의 일반적인 범주를 가리키기 위한 표시다. 이 미완성 연작은 터너가 1807~1819년 사이에 출판한 100점 예정의 70점의 판화들로 구성되어 있고, 표지화를 포함, 14개 부(Part)로 나뉘어 있다. 이에 대해 마샤 포인튼은 '하나의 전체적인 작품으로 명명되어 있지만, 자세히 살펴보면 각각의 단편(fragments)으로만 구성되어 있음이 드러난다'고 했다(6). / 대부분의 작품에서 터너는 특별히 갈색 수채화용 가로 형태의 '풍경화' 판형을 준비했다. 전체 작품의 크기는 가로 254~280mm, 세로 178~204mm로, 갈색 음영으로 인쇄된 판화와 거의 비슷한 크기다(7). 출판용 도판을 위한 원화의 대부분은 화가가 보관했고, 이와 더불어, 판화는 완성되었지만 출판되지 않은, 추가 디자인을 위한 도판들, 그리고 연작의 일부로 간주되는 유사한 방식의 다양한 드로잉들이 있다." (번역은 편집자. 주 1~7은 원문을 볼 것). © Matthew Imms, 'Liber Studiorum: Drawings and Related Works c.1806 – 24', January 2010, in

David Blayney Brown (ed.), *J.M.W. Turner: Sketchbooks, Drawings and Watercolours*, Tate Research Publication, December 2012.
(https://www.tate.org.uk/art/research-publications/jmw-turner/liber-studiorum-drawings-and-related-works-r1131702#synopsis).

2 Devil's Punchbowl, Gibbet Hill, Hind Head, Haslemere, Surrey Hills

• 이 문장의 적절한 조감도가 될 도판들이다. ①은 올봄 「타임스」 지가 추천한 이곳의 산책 코스, ②는 서리 힐스의 봉우리들, ③은 지빗 힐 남쪽 5.7km의 헤이즐미어, ④는 데블스 펀치볼, ⑤는 작품이 발표된 1890년경의 서리 주.

• 서리 주(County)는 1890년에는 더 넓었다. '서리 힐스'는 서리 주의 약 1/4 면적으로, 1958년 '절경지'(AONB. Area of Outstanding Natural Beauty)로 지정되었고, 2023년 '서리 힐스 국립공원'(Surrey Hills National Landscape, 422km²)으로 승격되었다.

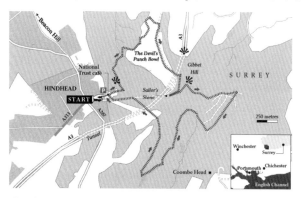

① '부츠를 신으세요! 영국에서 즐기는 멋진 봄 산책 20곳'(© *The Times*, 2024년 3월 30일).

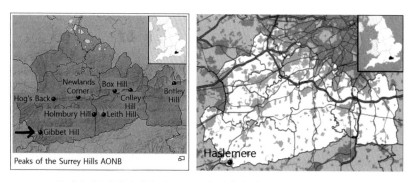

② 서리 힐스의 봉우리들 중 AONB, ③ 지빗 힐 남쪽 5.7km의 헤이즐미어
(© Ordnance Survey OpenData. Wiki).

160

④ 데블스 펀치볼. 런던~포츠머스 도로(A3) 상공(© Highways Agency, 2007년 1월 1일. Wiki).
이곳의 도로는 2011년 힌드헤드 터널(6.4km) 개통 후 철거되었다.

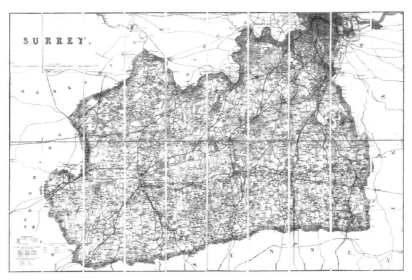

⑤ 1890년경의 서리 주(*Surrey*, c1890, London, Kelly & Co. © The Map House).

3 heraldic supporters

문장학(紋章學 heraldry)에서 문장의 핵심인 방패 좌우로 방패를 떠받치듯 들어간 요소.
© Qyd(talk-contribs), 2006년 12월 (Wiki).

4 blindworm species

'blindworm'(혹은 slowworm. 학명 *Anguis fragilis*)은 무족(無足)도마뱀과(학명 *Anguidae*)에 속하는 다리 없는 도마뱀 종이다. 영국과 유럽 동부의 코카서스 산맥까지 분포하며, 목초지대에 서식한다. 성체는 몸길이가 40~45센티미터에 이르지만, 꼬리는 주둥이에서 항문까지의 길이의 최대 두 배까지 될 수 있다. 외부 사지와 띠가 없고, 골반 띠의 잔해만이 내부에 남아 있다. 길쭉한 몸 모양과 사지가 없는 탓에 뱀처럼 보이지만 뱀과 달리 귓구멍과 눈꺼풀이 있다.

(© Britannica : https://www.britannica.com/animal/slowworm).

5 serpent-charming

주로 푼기(pungi)라는 악기를 사용, 뱀(주로 코브라)을 최면에 걸린 것처럼 부리는 행위. 20세기까지 인도 일부 부족의 직업이었다가, 1972년 정부가 야생동물보호법을 시행, 이 관행을 금지시킨 후 빠르게 쇠퇴, 현재 거의 사라졌다. (© Wikipedia, 'Snake charming').

옮긴이 **이나경**

이화여대 물리학과 졸. 2009년 서울대 영문학과 대학원에서 르네상스 로맨스와 영시 연구로 박사학위를 받았다(필립 시드니, 에드먼드 스펜서, 메리 로스의 작품 연구). 번역가로 100여 종 이상의 역서가 있다. 아도니스에서 딜런 토머스(*젊은 개예술가의 초상*), 시네이드 글리슨(*내 몸의 별자리. 삶의 빛*)을 냈다.

옮긴이 **조동신**

고려대 불어불문학과, 동대학원 석사, 파리 8대학과 12대학 박사과정 수료(발자크 전공). 해외문학 전문 출판인으로 여러 해외작가들을 국내에 첫 소개했다(Muriel Barbery, Stieg Larsson, Jonas Jonasson, David Vann, Eric Fottorino, Jean-Claude Izzo, Deon Meyer, Dolores Redondo, Åsa Larsson, Ernest van der Kwast……). 옮긴 책으로 앙토냉 아르토(*반 고흐*), 다니엘 아라스, 에릭 포토리노 등. 아도니스 출판 대표.

옮긴이 **금희연**

뉴스통신사에서 영상 번역을 하고 있다. 그의 첫 작업이다.

그린이 **프리츠 아이켄버그** (Fritz Eichenberg, 1901~1990)

독일계 미국인으로 세계적인 일러스트레이터이자 예술 교육자다. 목판화가 유명하다. 다양한 문학 작품을 다루었다(도스토옙스키, 톨스토이, 브론테 자매, 포, 스위프트, 그리멜스하우젠 등).

그린이 **전지은**

숙명여대 시각디자인과 졸. 한국일러스트레이션학교(HILLS)에서 일러스트레이션을 공부했다. 쓰고 그린 책으로 *허허 할아버지*, 그린 책으로 *척독*, *마음을 담은 종이 한 장*, *달 조각* 등이 있다.

크리스마스는 어디에?

웨일스의 어린이의 크리스마스, 세계만방의 크리스마스, 산타클로스, 지빗 힐

초판 1쇄 발행 2024년 12월 16일

지은이　　딜런 토머스, 블레즈 상드라르, E. E. 커밍스, 브램 스토커
옮긴이　　이나경, 조동신, 금희연
그린이　　프리츠 아이켄버그, 전지은
펴낸이　　조동신
펴낸곳　　도서출판 아도니스
팩스　　　0504-484-1051
이메일　　adonis.editions@gmail.com
❶　　　　adonis.books
📷　　　　adonisbooks
출판등록　2020년 1월 29일 제2017-000068호

디자인　　전지은

ISBN　　979-11-970922-6-8　03800